「何と言われても、俺はお前を離してやれねえ」

「いやだ、やめろ……っ！　あ……あっ、いやっ」

　ゆっくりと、賢吾が中に入ってくる。

悔しさに唇を噛みしめて、賢吾を睨みつけた。

何でこんなことをするのか。

後戻りができなくなってしまうのに。

極道さんはパパで愛妻家

佐倉 温

19845

角川ルビー文庫

目次

口絵・本文イラスト／桜城やや

住宅街と歓楽街《かんらくがい》のちょうど中間にある雨宮《あまみや》医院は、昭和初期に雨宮知明《ともあき》が開いた医院で、今は彼の孫が三代目として医院を切り盛りしている。

古ぼけた外観は、郷愁《きょうしゅう》すら感じさせるようなどこにでもある作りで、開院当時からほとんど手が加えられていない。待合室や廊下《ろうか》の床《ゆか》は木製で、時折ぎいぎいと床鳴りがしていたが、患者《かんじゃ》を最優先にせよ、というのが亡き知明の遺言《ゆいごん》であり、改修のために医院を閉めることはせず、その都度細かな修繕《しゅうぜん》をするだけに止《とど》まっていた。

医師が一人に看護師が一人と、常に人手不足の雨宮医院は、待合室が混《こ》むのもいつものことだ。それでも、誰一人《だれひとり》不満も言わずにおとなしく待っているのは、ひとえに三代目の雨宮佐知《さち》の存在が大きい。

名門大学の医学部に首席で入学し、雨宮医院を継《つ》ぐまで大学病院で数々の手術をこなしていた腕《うで》は外科医としても一流で、それだけでもこの医院が繁盛《はんじょう》するには十分だが、彼には類稀《たぐいまれ》なる別の才能があった。

少しだけ癖《くせ》のある色素の薄《うす》い髪《かみ》に、いつも潤《うる》んでいるようにも見える印象的な瞳《ひとみ》。目元には絶妙《ぜつみょう》な位置にほくろがそっと配置されていて、思わず触《ふ》れたくなる肌《はだ》のみずみずしさと相まって、見るものを惑《まど》わせる。一七〇センチほどの身長は平均的なはずだが、細身で優美なラインを描《えが》く体を、思わず抱《だ》きしめたくなる者が後を絶たない。そう、彼には見る者全《すべ》てを魅了《みりょう》してしまう、天賦《てんぷ》の才能があった。困ったことに本人には自覚がなく、そのせいで周囲はいつもやきもきとしていたが、お蔭《かげ》で医院は繁盛している。ただ、佐知会いたさに仮病《けびょう》で訪《おとず》れる患者が少なくないことは、医院としての懸案事項《けんあんじこう》だが。

　そんな雨宮医院にはもう一つ、知明が残した非常に厄介《やっかい》な遺言がある。

——東雲《しののめ》組への義理を果たすこと。

「いててて っ！　ちょ、ちょっと佐知さんっ、勘弁《かんべん》してくださいよ！」

診察《しんさつ》室に、情けない男の声が響《ひび》く。キャスター付きのアームチェアに座って、消毒薬を染《し》みこませた脱脂綿《だっしめん》をわざとびしゃびしゃと傷口に押し当てながら、白衣姿の佐知は涼《すず》しい顔でその悲鳴を聞き流した。

「やくざの癖に、これぐらいで情けないことを言うな。痛いのが嫌《いや》なら、怪我《けが》なんかしないことだよ」

　まったく、これだからやくざは。喧嘩《けんか》っ早くていけない。

　古ぼけた診察室には、祖父の代から使われている木製のデスクに、佐知が座るアームチェアと患者用のチェア、それから薬品類が入れられた棚《たな》に、患者を寝《ね》かせて診察するための診察台が置かれている。診察室の奥には白いカーテンが引かれていて、その奥は点滴《てんてき》をする患者のためのベッドが並んでいた。どれもかなり古いものだが、祖父も父も扱《あつか》いが丁寧《ていねい》だったのか、今も現役《げんえき》で活躍《かつやく》中だ。

医院としてはそれなりに繁盛している雨宮医院だが、この病院にはCTなどの設備がなく、それらの設備投資をしたい佐知としては、使えるものには壊《こわ》れるまで働いてもらう所存だ。

地元を離《はな》れ、大学病院で順風満帆《じゅんぷうまんぱん》に働いていた佐知が雨宮医院を継ぐことになったのは、ひとえに佐知の父である安知《やすとも》の策略のせいだ。ある日、病気だという父に呼び出され、後生だから医院を継いでくれと言われ、そのあまりに変わり果てた様子にうっかり騙《だま》されて頷《うなず》いてしまった。言質《げんち》を取った安知は、佐知が医院を継いだ途端《とたん》に奇跡《きせき》の回復をし、今では日本全国湯治の旅だとかでちっとも医院に寄りつかない。

まさか医者が医者相手に仮病を使うなんて、我が父親ながらいい性格をしている。中学の頃《ころ》に母親を亡《な》くし、以来男手一つで佐知を育ててくれた安知には感謝しているが、こんな騙し討《う》ちをされては腹立たしさしかない。

「だってあそこはうちのシマなんすよ。俺らが守ってやらねえと――痛いっ、痛いですって！」

何が守るだ。腕に刺《さ》さったビール瓶《びん》の破片《はへん》を、止血しながら容赦《ようしゃ》なく引き抜《ぬ》いて、患部を確《かく》認《にん》するために脱脂綿で血を拭《ぬぐ》う。思ったほど深くはないようで安心した。この程度なら、綺麗《きれい》に縫《ぬ》えば大した痕《あと》は残らないだろう。

まったく、よくもこう次から次へと怪我ばかりできるものだ。佐知がこの医院を継いでからというもの、病人の数よりも怪我人の数のほうがはるかに多い気がする。それもひとえに、医院の周辺が東雲組の縄張《なわば》りで、組員達のお抱《かか》え医院となっているからに他《ほか》ならない。

「守るなんてのは、自分の身もちゃんと守れるやつが言うセリフだよ。今週だけで、うちの世話になるのは何度目だと思ってるんだ。ああそうか、若頭の度量がないから、お前らがこうして傷だらけになっているのか」

つんと擦《す》り傷のついた頰《ほお》を突《つ》いて言ってやると、男はかっと頰を赤くしてしどろもどろになりながらも、必死に言い訳を口にしようとする。

「ち、違《ちが》いますよ！　若は俺らに無茶《むちゃ》するなっていつも口を酸《す》っぱくして……」

「なるほど。じゃあ、お前らにとって若頭は、言うことを聞かなくてもいい相手ってことだ」

「え？　いや、そういう訳じゃ、……いてぇっ！」

最後まで言わせず、手早く傷口を縫っていく。

「佐知さんっ、麻酔《ますい》は⁉」

「この程度の傷なら、麻酔の針のほうが痛い。黙《だま》って我慢《がまん》しろ、男だろう？」

麻酔の注射というのは意外に痛い。二針程度の場合は、麻酔をしないで縫うほうが却《かえ》って痛みが少ないこともある。決していやがらせではない。

二センチほどの傷はあっという間に縫合《ほうごう》でき、その仕上がりに満足して、佐知はそばに控《ひか》えていた看護師の小刀祢舞桜《ことねまお》に後の処置を頼《たの》んだ。

「先生にかかったら、やくざも形無しですねえ」

そう言って笑いながらも、舞桜の手はテキパキと処置を終わらせていく。舞桜という名だけを聞くとまるで女性のようだが、舞桜はれっきとした男だ。医院にやってくるお婆《ばあ》さん達に言わせると、おとぎ話の王子様のよう、らしい。

真っ白な看護服がタキシードにでも見えているのか、舞桜が微笑《ほほえ》めば、若い娘《むすめ》に戻《もど》ったように頬を染めていた。綺麗な顔立ちというのは、男女問わず引き寄せるようで、男ですら顔を赤らめていることがある。正直そちらは気持ち悪い。

舞桜は、佐知が雨宮医院を継いだのと同時期に勤めてくれることになった。それまで勤めてくれていた看護師が高齢《こうれい》で、安知が退くなら、これを機に自分も引退したいと申し出たからだ。お蔭で最初はばたばたしたが、舞桜がしっかりしてくれていたから、無事に引き継ぐことができて感謝している。看護師としてもすこぶる有能で、事務処理も一手に引き受けてくれていた。

時々、舞桜ほどの人材がどうしてこんな小さな医院などに勤めてくれたのか、不思議になることがある。一度本人にも聞いてみたら、以前勤めていたのも雨宮医院のような小さな医院で、役割分担がきっちりしている総合病院ではできない経験が多くできたし、地域に密着した医療《いりょう》に携《たずさ》わっていたいから、という面接向きの模範《もはん》回答をくれた。今のところ大した経験を積ませてやれていない佐知としては、安心できない回答である。

「一週間したら抜糸《ばっし》においで。消毒薬を出しておくから、毎日欠かさず消毒するように。激しい運動なんかしたら、傷口が開くかもしれないから気をつけること」

包帯を巻き終えたのを見届けて、くくっと笑ってやる。少々大げさなぐらいに言って、ちょうどいいぐらいだ。精々《せいぜい》不自由な思いをして反省すればいい。こいつらときたら、一に喧嘩、二に喧嘩、三四がなくて五に喧嘩、ときている。男の癖に擦り傷一つでもすぐ医院に来るので、はっきり言って迷惑《めいわく》していた。医者として、唾《つば》でもつけて治しておけ、というのは間違《まちが》いだと知っているが、こいつらに関してはそう言ってしまいたい気分だ。

「え？　あ、激しい運動って……？」

「どうしてもしたくなったら、まず俺のところに来るように」

喧嘩なんかしてまた傷口を開くつもりなら、その前に麻酔を打って眠《ねむ》らせてやる。いや、いっそ開いた傷口に塩でも塗《ぬ》り込んでやろうかな。そんなことを考えたら、ついにやっとしてしまう。

「さ、佐知さんのところに……っ？」

男が、ごくりと生唾《なまつば》を呑《の》んだ。尻《しり》にぶっすりと麻酔の針を刺されるところでも想像したのかもしれない。今度本当にやってやろうか。

「はい、死にたくなかったらお手を触れませんように」

佐知がカルテに目を向けた隙《すき》に、舞桜がぱちんと男の手を叩《たた》き落とす音が聞こえた。またか。

「俺、口が軽いんで気をつけてくださいね？」

「やや、やだなあ、俺は別にそんなつもりじゃ……ほ、報告するのだけは勘弁してくださいっ」

懲《こ》りもせず、舞桜の尻でも触《さわ》ろうとしたんだろう。この医院に来る輩《やから》は、大抵《たいてい》こうして舞桜に手を叩き落とされている。男の尻なんか触って何が楽しいのか。

舞桜の貞操《ていそう》のためにも、しっしっと手を振《ふ》って男を追い出しにかかる。うちの大事な看護師だ。患者《かんじゃ》のセクハラが原因で辞《や》められでもしたら、医院が立ち行かなくなる。

「診察終了。お帰りはあちら」

「あ、ありがとうございました！」

頭を下げた男が診察室から出ていくと、舞桜が処置に使った器具を片付けている間に、カルテに処置内容を書き込む。カルテが分厚くて何気なくめくってみると、ほとんどが切り傷や擦り傷などでげんなりした。今度から医院の入り口に、擦り傷お断りの看板でも貼《は》ってやろうか。

「本当に、佐知さんは危なっかしいったら」

ため息混じりの舞桜の言葉に首を傾《かし》げる。

「何が？」

「普通《ふつう》激しい運動って言ったら……いや、何でもないです。あなたはそのままでいてください。自覚したら、それはそれで面倒臭《めんどうくさ》いような気がするので」

「ちょっと言ってる意味が分からない。俺に分かるように説明してくれる気はあるのか？」

「ないですね」

「そう。じゃあ仕方ないな」

舞桜がこう言う時は、本当に教えてくれない。無駄《むだ》なことに時間を割《さ》いても仕方がないので、カルテの記入に集中することにする。電子カルテにすれば色々と楽なのだが、費用もかかるし、何より膨大《ぼうだい》な数の患者のカルテを登録し直さなければならない手間を思うと、面倒臭さが先に立ち、後回しになっていた。

「よし、できた。次の患者さんに入ってもら――」

振り返って舞桜に話しかけている最中に、待合室のほうが騒《さわ》がしくなる。何事だろうと舞桜と顔を見合わせると、ほどなくどたばたと遠慮《えんりょ》のない足音が近づいてきて、いきなり診察室《しんさつ》のドアが開いた。

「おい、佐知！」

ノックもなしに勝手に診察室に入ってきた男を見て、佐知はうんざりとした顔になる。

「勝手に入ってくるなって、何度言ったら分かるんだろうな、お前は」

入ってきたのは、佐知の幼馴染《おさななじ》みで件《くだん》の若頭だった。名を東雲賢吾《けんご》と言う。高級ブランドのスーツを身に纏《まと》った姿はホスト顔負けだが、中身は根っからのやくざだ。

この男に比べたら、擦り傷でやってくる輩はまだ可愛《かわい》いと言える。用事もないのに、しょっちゅうこうして医院にやってきては佐知の診察の邪魔《じゃま》をしてくるが、若頭というのは暇《ひま》なんだろうか。

幼馴染みなどと言えば、さも仲がよいのだろうと勘違《かんちが》いされるが、佐知はこの男が大嫌《だいきら》いだ。

まず見た目。パーツがそれぞれ完璧《かんぺき》に配置された端整《たんせい》な顔立ちは、子供の頃から女みたいだとからかわれた佐知とは違って、男らしさと色気という、相反するはずの二つが見事に融合《ゆうごう》している。黙って座っているだけでも他を威圧《いあつ》する存在感は生まれつきで、そのくせ、見つめられると逃《のが》れられなくなるような魔力《まりょく》じみた魅力《みりょく》を持つ。

年は佐知と同じ二十九歳だが、年齢《ねんれい》にそぐわない貫禄《かんろく》を持ち、男はその威圧感にひれ伏《ふ》し、女は皆《みな》、ほんの少し賢吾が口元を緩《ゆる》めただけで感嘆《かんたん》のため息を吐《つ》いた。明らかに素人《しろうと》とは違う近寄りがたいオーラを発しているにも拘《かか》わらず、街を歩けば誘蛾灯《ゆうがとう》のように女を引き寄せ、そのくせ興味なさそうな顔でむっつりを覆《おお》い隠《かく》している。気に入らない。

次に傲慢《ごうまん》さ。ほぼ生まれた時から一緒《いっしょ》にいるが、この男の傲慢エピソードを語り出したらきりがない。小学生の頃《ころ》に勝手に自分と同じ係に佐知を任命したことから始まり、中学の時の願書書き換《か》え事件、高校の時の志望大学変更《へんこう》事件と、思い出したら今でもはらわたが煮《に》えくり返りそうになるものばかりだ。違う大学に行くはずだったのに、大学の入学式の会場で賢吾と鉢《はち》合《あ》わせした時の怒《いか》りは今でも忘れない。

そして最後にして最大の、佐知が一番嫌いなところ。

——それは、この男が東雲組の若頭だということだ。

東雲組は賢吾の祖父の代から始まり、現在は賢吾の父、吾郎《ごろう》が組長を務めている。最初はテキ屋の元締《もとじ》めを生業《なりわい》としていたが、今では高級クラブの運営や、不動産や株の売買など、かなり手広く事業を展開していた。暴対法だ何だとうるさい昨今だが、うまく法の目をかいくぐっているのか、儲《もう》けはかなりのものらしい。その大半が、賢吾が組に入ってからのものだから、若頭という地位もただ血縁《けつえん》に頼《たよ》って手に入れたものではないのだろう。

雨宮医院は祖父の代から東雲組のお抱え医院をしていて、祖父の遺言《ゆいごん》により、今もその関係は続いている。佐知と賢吾の関係も、それこそ生まれた時からといっても過言ではないほどで、親同士も仲がよく、関係は良好だ。

佐知は決して、やくざそのものを否定している訳ではない。自ら望んだ訳ではないが、東雲組のお抱《かか》え医師として稼《かせ》がせてもらっている以上、それを言える立場ではないし、東雲組は薬物も銃器《じゅうき》の密売もご法度《はっと》で、他《ほか》の組からこの辺りの地域を守っている側面もある。東雲組の目が光っている分、他の地域よりも犯罪率が低く、信じられないと思われるかもしれないが、むしろ周辺に住んでいる人間にとってはありがたい存在となっていた。

だが、賢吾とやくざ、この二つがイコールになると駄目《だめ》だ。どうしようもなく腹が立ってしまう。自分でも理由をうまく説明できないが、賢吾が家を継《つ》ぐと決めたその時から、佐知はこの男を嫌いになると決めた。

「お前、やけに機嫌《きげん》が悪いな。カルシウム不足か？」

「あえて言うなら、賢吾アレルギーだよ。分かったら早く帰れ」

「来たばっかりだろうが。客人はもてなせよ」

「招かれざる客は客じゃない。……用件があるならさっさと言えよ」

「まあ、そうだな。俺とお前の仲で、客ってのは他人行儀《たにんぎょうぎ》すぎるか」

一人で勝手に納得《なっとく》して賢吾が頷《うなず》く。このポジティブ野郎《やろう》。お前の脳内はどうなっているのか。一言もそんなことは言っていない。顔を顰《しか》めた佐知に、片付けを終えた舞桜が苦笑《くしょう》を見せる。

「俺、こうしてここで会う賢吾さんと、外で見かける賢吾さんは、別の人なんじゃないかと思う時があるんですけど。賢吾さんが自分からこんなに構う相手って、佐知さんしかいないんじゃありません？」

「頼《たの》んでない」

「嫁《よめ》だからな」

舞桜の言葉に、二人同時に口を開いて、相手の言葉にまた二人同時に口を開く。

「誰《だれ》が嫁だよ」

「照れるな」

そうして顔を見合わせる佐知と賢吾の表情があまりに対照的で、舞桜がぷっと吹《ふ》き出した。

「ぶはっ、す、すいません……っ、気が合いすぎるのも、困りものですねえ」

「合ってない！」

「そうだな」

またしても声が重なって、舞桜が余計に笑うから、佐知はとうとうむすりとした顔で黙《だま》り込む。賢吾と気が合うなんて心外だ。そんなことは絶対にあるはずがない。

「おい、拗《す》ねるなよ」

「ほら、土産《みやげ》にみたらし団子持ってきてやったんだぞ？　食わねえのか？」

「……」

「……食べる」

賢吾がかざした袋《ふくろ》は、佐知の大好きな和菓子《わがし》屋で限定百個だけ作られているものだ。別に賢吾を許した訳じゃないが、食べ物に罪はない。

寄越《よこ》せと手を出すと、すんなりみたらし団子を手渡《てわた》された。いそいそと包装を開け、みたらし団子を一本手に取って、最初の一口を大事に味わう。

甘すぎず、しょっぱすぎず、絶妙《ぜつみょう》な餡《あん》の味と、少し焼き目をつけた柔《やわ》らかい団子をうっとりと堪能《たんのう》する。幸せだ。やっぱりこの味に敵《かな》うものはない。

「たかだかみたらし団子をここまでエロく食えるってのは、最早《もはや》才能だな」

「う？」

みたらし団子に夢中で賢吾の言葉を聞き逃し、二口目を口に含《ふく》みながら首を傾げると、「何でもねえよ」と言いながら、賢吾の指が佐知の口元に伸《の》びた。

「餡つけてるぞ。子供か」

「うるふぁい」

賢吾の指に口元を拭《ぬぐ》われ、その指をぺろりと舐《な》めて笑われる。子供扱《あつか》いされて、佐知はふんとそっぽを向いてみたらし団子に齧《かじ》りついた。誰が子供だ。俺が子供だったら、お前はまだ出生前だ。自分が普段《ふだん》どれだけおとなげないか、自覚がないのか。

「それ、あっさり受け入れちゃうんだ」

舞桜が何か呟《つぶや》いたが、聞き返す前に賢吾がぽんと拳《こぶし》を打つ。

「ああ、そうだ。子供で思い出した」

子供で思い出す？　そんなアットホームな話題がこいつにあったかな？　そう思いながら口をもぐもぐさせていた佐知は、次の賢吾のセリフにうっと喉《のど》にみたらし団子を詰《つ》まらせる羽目になる。

「俺達の子供ができたぞ」

「ぐふぉっ、う……っ」

「佐知さんっ、ほら、お茶！」

ちょうどみたらし団子を食べ始めた佐知のために麦茶を入れていた舞桜が、慌《あわ》ててコップを差し出す。それを受け取って一気飲みして無事生還《せいかん》を果たしてから、佐知は賢吾をぎっと睨《にら》みつけた。

「危《あや》うくお迎《むか》えが来るところだったぞ！　冗談《じょうだん》のセンスを磨《みが》いて出直せ！」

「冗談じゃねえって。まあ、聞けよ。戸籍《こせき》上は俺の子供ってことになるんだが——」

そこまで聞いて、佐知の顔に蔑《さげす》みの表情が浮《う》かぶ。

「……うわ、お前とうとう妊娠《にんしん》させたの？　最低」

「違《ちげ》えよ。俺にはお前がいるのに、そんなことしねえよ」

「お前さ、その手の冗談もう何年も言ってるけど、誰も笑ってないからな」

もし笑っている人間がいたとしたら、それただの苦笑だから。

「子供もできたことだし、籍でも入れるか」

「幻覚《げんかく》と妄想《もうそう》……もうこれは手遅《ておく》れですね。今すぐジャングルにでも行って余生を過ごすように。はい、診察終了《しんさつしゅうりょう》。お帰りはあちらです」

「ここぞとばかりに人のこと秘境に飛ばそうとしてんじゃねえよ、藪《やぶ》医者」

どんどん脱線《だっせん》していきそうな二人に、舞桜がこほんと咳払《せきばら》いをして軌道《きどう》修正を促《うなが》す。

「賢吾さんの子供で賢吾さんの子供でないって、どういうことなんでしょう？」

「ここだけの話にしといて欲しいんだが」

賢吾がちらりと舞桜に視線を向ける。舞桜は肩《かた》を竦《すく》めて、「俺は秘密を守れる男ですよ？」と笑った。

「実はな、その子供ってのは親父《おやじ》が愛人に産ませた子で――」

「あーあーあーあー！」

最後まで言わせず、耳を塞《ふさ》いで大きな声を出す。これは駄目だ。駄目なやつだ。最後まで聞いたら恐《おそ》ろしいことになる。俺はまだ死にたくない。

「俺は何も聞いてないからな！　やめろよ、俺を巻き込むなよ！」

賢吾の父親の愛人の子？　駄目だ、それは怖《こわ》い。言葉にしてはいけない滅《ほろ》びの呪文《じゅもん》だ。

「京香《きょうか》さん、知らないんだろう⁉」

「当たり前だろうが。知ってたら、今頃《いまごろ》血の雨が降ってる」

京香さんというのは、賢吾の母親だ。吾郎よりも二十歳ほど若く、結婚《けっこん》に反対した実家の両親とは絶縁《ぜつえん》状態にあると聞いたことがある。極道《ごくどう》の妻を地でいくような人で、普段は気風《きっぷ》がよくて優《やさ》しい人だ。だが、旦那《だんな》に対する愛情はちょっと息苦しいほどで、ひとたび旦那が絡《から》むと、鬼《おに》のようになる。

以前、吾郎の浮気《うわき》がバレた現場に出くわしたことがあるが、凄《すさ》まじい修羅場《しゅらば》と化していた。怪我《けが》人が出たと泡《あわ》を食った様子の組員に連れられて向かったキャバクラで佐知が見たのは、割れたウイスキーのボトルの破片《はへん》を吾郎の首元に当てて微笑《ほほえ》む京香の姿だった。その足元ではどうやら浮気相手だったらしいキャバ嬢《じょう》が、土下座をしている頭を京香に踏《ふ》みつけられていて、その様はまるで阿修羅《あしゅら》のようだった。しん、と空気の凍《こお》ったその場所で微笑みをたたえながら、京香が『あの世で一緒《いっしょ》になっても、あたしは全然構わないんだよ？』と言った時には、その恐ろしさに無関係の佐知でさえ背筋が凍ったというのに、あんな目に遭《あ》ってもまだ浮気をするとは、感心していいのか呆《あき》れていいのか分からない。吾郎はそう体が強くないのだが、それでもまだまだ現役《げんえき》らしい。

「聞いたからにはお前も同罪だからな。もしこの秘密がバレたその時は、お前も前から知っていたと言ってやる」

「お前、卑怯《ひきょう》だぞ！」

聞きたくもないものを勝手に聞かせておいて、さらに道連れにしようなんて、お前は何て外道《げどう》な男だ。京香の怒《いか》りを想像するだけで、背筋が寒くなる。今回のことがバレたら、京香の怒りはあの時の比ではないだろう。吾郎さん、あんた何てことしてくれたんだ。

「そんなお前に頼みがある」

「脈略。会話に切実に脈略を求めたい」

賢吾の頼み事などろくなことではない。しかも、今の話の流れでは、頼みではなく脅迫《きょうはく》の間《ま》違《ちが》いだろう。

佐知の苦情を無視した賢吾が、勝手に話を続けてくる。

「その子供なんだが、誰ともほとんど口を利《き》かねえんだ。親父が言うには、子供が生まれたことすら知らされていなくて、母親が病気で亡《な》くなる直前に初めて連絡《れんらく》が来た有様でな。その後すぐに母親が死んじまったから、子供のこれまでの生活も、性格も、何もかも本人から聞くしかねえんだが、うまくいかなくて困ってんだよ。お前、誑《たぶら》かすの得意だろう？」

「人聞きの悪い言い方しないでくれるか。俺がいつ誰を誑かしたんだよ」

「俺とか？」

口元を引き上げた賢吾が、意味ありげに笑う。

「お前を誑かしたことなんか一度もない。むしろ全力で拒否《きょひ》してるだろうに」

「嫌《いや》よ嫌よも好きのうちって言うだろう？」

「話が前に進まないから、いちいちその面白《おもしろ》くない冗談を挟《はさ》むのやめてもらえるか？……俺は精神科医じゃないから、話をするぐらいしかできない。変な期待をされても困る」

「それでいい。駄目《だめ》なら、またその時に他《ほか》の手を考える」

おい、と賢吾がドアの向こうに声をかけると、待合室で待っていたらしい男が姿を現した。

「失礼します」

丁寧《ていねい》に頭を下げたのは、若頭補佐《ほさ》の伊勢崎《いせざき》だった。知的で落ち着きのある大人の男で、メガネをかけてブランドもののスーツに身を包んだ姿は、やくざというよりもどこかの企業《きぎょう》の代表と言われたほうがしっくりくる。賢吾と同じぐらい上背があるので、二人が並ぶとやけに圧迫《あっぱく》感《かん》があって、天井《てんじょう》が低く見えた。

「伊勢崎、まだこんなやつのお守《も》りをしてるのか？　お前も苦労が好きだな」

伊勢崎は賢吾と佐知の高校時代からの後輩《こうはい》で、その当時から校内でもその優秀《ゆうしゅう》さが知れ渡《わた》っているほどだったのに、いつの間にか賢吾と共にやくざになっていた。どうしてなのか、未《いま》だに佐知には分からない。伊勢崎ほどの男なら、いくらでも真っ当な職につけたはずなのに。

「いえいえ、お蔭様《かげさま》で大変幸せですよ。さあ、史坊《ふみぼっ》ちゃん。ご挨拶《あいさつ》を」

佐知の嫌味をいつものように笑顔《えがお》で受け流した伊勢崎の背後から、そっと小さな子供が現れる。

「……男の子、だよな？」

柔らかいくせっ毛に、長い睫《まつげ》に縁《ふち》どられた茶色い瞳《ひとみ》。ネクタイのついた白シャツにサスペンダーをつけた黒の短パンを穿《は》いていなければ、性別がどちらか判断がつかなかった。全体にふわっとした印象を受ける。お人形さんみたいだ。

思わず確認《かくにん》してしまったほど大変可愛《かわい》らしい見た目は、吾郎にはあまり似ていない。きっと母親が美人だったのだろう。もしかしたら日本人ではないのかもしれない。大きな瞳がじっとこちらを見つめてくると、母性などないはずの佐知でさえ、無条件で守ってやりたい気持ちになってしまう。

知らぬ間に弟ができたと聞いて、きっと複雑な気持ちだろう賢吾が、いくら父親に頼《たの》まれたからと言って、そうやすやすと子供の父親役を引き受けるとは思わない。何か父親との間に取引なりがあったのかもしれないが、子供のこの可愛さも、賢吾の心を動かした一因だろう。

「名前は？」

チェアに座ったまま、なるべく視線の高さを合わせるように心がけて問いかけると、子供は困ったように眉《まゆ》をへにゃりと下げて、蚊《か》の鳴くような小さな声を出した。

「ふみ……です」

「ふみ？　漢字は？」

後半は伊勢崎に問いかける。

「史。歴史の史という字ですね」

「史、か。なるほど、恰好《かっこ》いい名前だな」

そう言って頭を撫《な》でてやると、一瞬《いっしゅん》びくりと体を硬《かた》くしたものの、抵抗《ていこう》せずに佐知の手を受け入れたから、虐待《ぎゃくたい》やネグレクトなどのトラウマを持っているという訳でもなさそうだ。まあ、情報が何もないのに、安易に決めつけるのはよくないが。

「年はいくつ？」

さりげなく、見えるところにあざなどがないか確認しながら訊《たず》ねると、史は黙《だま》ったままで手のひらをこちらに向けてきた。どうやら、五歳、ということらしい。

なるほど、賢吾が言うように、確かにほとんど話さない。だが、やくざに囲まれたら大人だって緊張《きんちょう》するのが当たり前だ。これだけでは判断がつかない。

「どうだ、佐知。俺に似てなかなか可愛いだろう」

「……可愛いという言葉の定義をもう一度勉強し直してこい。お前と史はライオンと子猫《こねこ》ぐら

い違う。同じなのは科だけだ」

馬鹿《ばか》な賢吾に顔を顰《しか》めて、それからもう一度史に目を向ける。

……賢吾に子供、か。

もやっとした、言葉にし難《がた》い感情が胸に広がる。

結婚してもいないのに子供を引き取るなんて、何を考えているのか。巻き込まれるなんてごめんだ、と思うが、不安そうな目でこちらを見つめる史の姿に佐知は言葉を飲み込んだ。

触《ふ》れたら壊《こわ》れてしまいそうなほどに緊張して、常に周囲の顔色を窺《うかが》っている。こんな調子では、いつまで経《た》っても気が抜《ぬ》けないだろう。

……まずは、緊張を解《ほぐ》すところから始めてみようか。

賢吾の思惑《おもわく》に乗るのはしゃくだが、さすがに子供のこんな姿を見過ごせない。

「とりあえずしばらく預かるから、後で引き取りに来いよ。図体《ずうたい》のでかいのは邪魔《じゃま》だからさっさと出ていけ。診察《しんさつ》の邪魔だ」

史の手を取って自分のほうに引き寄せ、空いたほうの手でしっしっと賢吾達を追い出しにかかる。

「そうか、分かった。よろしく頼む」

賢吾はすぐに佐知の意図を理解したようで、文句を言うこともなくすんなりと頷《うなず》いて、診察室から出ていった。

「俺達の子供だ。可愛がってやれよ？」

……余計なセリフを残して。思わずぶん投げてやろうとデスクの上のペン立てを摑《つか》んだが、ぎりぎりのところで堪《こら》えた自分に賛辞を送りたい。

それでもちりちりと残った怒りの熱を、大きく一度深呼吸することで落ち着かせる。

「ふう……史は今日一日ずっとあの男と一緒だったのか？」

佐知の言葉に、史がこくりと頷いた。

「お昼ご飯は……まだ早いから食べてないよな？」

もう一度、史が頷く。

「よし。じゃあ診察が終わったら一緒に弁当を食べよう。近所にすごく美味《うま》い弁当を作ってくれるところがあるんだ。あ、そうだ。史、どうせここにいるなら、診察を手伝ってくれないか？　いいか？　俺がガーゼって言ったら、このピンセットでここにあるガーゼをこうやって摘《つ》まんで渡して欲しいんだ」

実演を交えて説明すると、史は何度かぱちぱちと瞬《まばた》きをした後、こくんと小さく頷く。

手持ち無沙汰《ぶさた》で待っているより、少しでも体を動かしたほうが緊張も解れるだろう。

手渡《てわた》したピンセットをしっかりと握《にぎ》り、緊張した面持《おもも》ちでそばに立つ史にバレないようにこっそりと笑いながら、佐知は「次の人、どうぞ」と待合室に声をかけた。

「はー、終わった終わった！」

午前の診察が終わり、佐知はうーんと背筋を伸《の》ばしてストレッチをする。

賢吾の邪魔が入ったせいで、午前の診察時間を大幅《おおはば》にオーバーしてしまっていた。診察をしている時には気にならなかった空腹が、ぎゅるぎゅると音を立ててアピールしてくる。

「お腹空《なかす》いたぁ」

昼食は大抵《たいてい》の場合、近所の商店街の総菜屋で弁当を買うことになっていた。三人分でいいですよね、と出ていった舞桜が帰ってくるのを待つ間も、腹の音は鳴りっぱなしだ。

「史も、お腹が空いただろう？」

史は無言だったが、史の腹がぎゅるると鳴って代わりに返事をする。それに思わずぷっと吹《ふ》き出して、佐知はそうだと思いついた。

「史は今日、たくさん働いて役に立ってくれたから、報酬《ほうしゅう》をあげよう」

そう言って史に差し出したのは、デスクの引き出しに入れていた飴玉《あめだま》入れの缶《かん》だった。以前、賢吾がどこかに行った時に土産《みやげ》だと言って持ってきたものだ。即行《そっこう》で捨ててやろうと思ったのだが、捨てる前に一応ひとつだけ、と思って食べてみたところ、腹立たしいことにものすごく美味くて、捨てるに捨てられなくなった。以来、賢吾にバレないようにデスクの引き出しに隠《かく》して、大事にひとつずつ食べている。

「どれでも、好きなのを選んでいいぞ」

佐知に促《うなが》されて史が選んだのは、真っ白い包装のミルク味の飴だった。

「ほほう、それを選ぶとは、史はなかなか見る目があるな」

何を隠そう、ミルク味は佐知が一番好きな味だ。普通《ふつう》の飴よりも濃厚《のうこう》で、ミルクというよりもバターキャラメルに近い味なのだが、とにかく美味い。

「飴を食べる時は、絶対に嚙《か》んじゃ駄目《だめ》なんだぞ？　途中《とちゅう》でばりばり嚙むのは飴に失礼だからな。あんなことをするのは、野暮《やぼ》な人間だけだ」

真面目《まじめ》な顔で力説する。賢吾ときたら、すぐに嚙み砕《くだ》いてしまうのだ。小さくなった飴玉を決して割らないように慎重《しんちょう》に最後まで舐《な》めるのが、飴の醍醐味《だいごみ》だというのに。この話になると、未だに賢吾とは喧嘩《けんか》になる。

史は最初、きょとんとした顔をしたが、すぐにうんうんと頷いた。その反応に満足して、史の手からミルク味の飴を受け取り、包装を解いて口の中に放り込んでやる。

「史とは気が合いそうだ」

ぽんぽんと頭に優《やさ》しく手を置くと、史の口元がほんのりと緩《ゆる》んだ。

お、笑った。控《ひか》えめではあったが、確かに笑ったのを確認して、佐知は少しだけほっとする。話を聞く限り、史は母親を亡《な》くしたばかりで知らない人間しかいないところに連れてこられて、孤独《こどく》と不安でいっぱいのはずだ。精神分析《せいしんぶんせき》は専門ではないし、子供の傷つきやすい心をどうにかするなんて大それたことができるとも思えない。だが、ほんの少しでも笑えるなら、希望も持てるというものだ。

小さな子供にとって、母親の存在はとても大きい。父親がそばにいなかったのなら尚更《なおさら》だろう。その母親を亡くして、子供らしさも見せず必死に堪《た》えている史のいじらしさは、この子を笑顔《えがお》にするためならどんなことでもしてやりたい、と佐知に思わせるには十分だった。

佐知自身、中学生の頃《ころ》に母親を亡くしている。史の気持ちを全部分かってやれるとは言わないが、その片鱗《へんりん》ぐらいは分かるつもりだ。

「あ、そうだ。大事なことを忘れるところだった。賢吾に見つかったら全部食べられちゃうかもしれないから、この飴のことは、俺と史、二人だけの秘密だぞ？」

佐知の言葉に、史はまた少しだけ笑ってこくりと頷いた。子供は秘密《ひみつ》や内緒《ないしょ》が大好きだ。それを本当に黙っていられるかは問題じゃない。こうして二人だけの秘密を共有することで、心の距離《きょり》が縮まってくれればいい。

……いや、やっぱり秘密は守って欲しい。もらった飴を大事に持っていたなんて知れて、賢吾にどや顔でからかわれることを想像したら死にたくなった。

「ほんとだぞ？　絶対に言っちゃ駄目だからな？」

焦《あせ》って史に懇願《こんがん》すると、初めて史がぷっと吹き出す。

「笑いごとじゃないぞ！　俺は本気で心配して――」

「えらく賑《にぎ》やかだな」

「げっ」

またしてもノックもなく診察室に入ってきた賢吾に、思わず心の声が漏《も》れる。

「タイミング最悪」

飴が入った缶を隠す暇《ひま》もなかった。これはすぐに見つかるなと諦《あきら》めかけた佐知だったが、ふと史を見ると、賢吾のほうを向いた史が、後ろ手にさりげなく缶を隠しているのが見えた。お前は天使か。

「お前ね、いきなり入ってくるなって何度も言わせるなよ。ほら史、こっちにおいで。あんな人相の悪い男より、俺のそばにいるほうが安全だ」

史を背後から抱《だ》き寄せ、そのまま膝《ひざ》の上に座らせてやる。史は上手に手を前に置くより先にぽとりと史と佐知の体の間に缶を落としてくれたから、賢吾にバレることなく視界から消すことに成功した。

「史、大好き。俺、一生お前の味方だから」

間に挟《はさ》まる缶にも構わず、ぎゅっと史を抱きしめると、賢吾が目を丸くする。

「お前ら、もうそんなに仲良くなったのか？」

「診察も手伝ってくれてすごい助かったし、俺のピンチも助けてくれたし、俺はもう史のことを大好きになっちゃったね」

「ピンチ？」

首を傾《かし》げる賢吾に、佐知は史に覆《おお》いかぶさったままで笑う。

「二人だけの秘密だよなー？」

それにこくりと頷いた史にまたくすくすと笑いかけると、賢吾が面白《おもしろ》くなさそうにふんと鼻を鳴らした。

「俺を仲間に入れろよ」

「ははは、史と仲良くなれて羨《うらや》ましいだろう。でもお前は仲間に入れてやんない」

「いや、どっちかって言うと羨ましいのは――」

「妬《ねた》んだって駄目だぞ。俺と史の間には、お前の入る隙《すき》は一ミリもないからな」

「……間に入れねえなら二人まとめて抱《かか》え込むから、まあいいか」

「お前のそのポジティブシンキング、悔《くや》しいけど時々感心する」

「褒《ほ》められたら照れるだろうが。それで、史のことなんだが――」

褒めてない。そう突《つ》っ込もうとしたところで、待合室のほうが騒《さわ》がしくなる。デジャブだ。こういうことをするのは大抵賢吾のはずで、だけどその賢吾は今目の前にいて――

「ここにいたんだね！」

快活な声と共にいきなりばんっと診察《しんさつ》室のドアが開く。入ってきた人を見て、佐知と賢吾は同時に固まった。

いつかはこういう時が来るとは思ったが、早すぎる。心の準備がまだできていない。いや、できればよそでやって欲しい。医院を破壊《はかい》されるのは困る。

「えっと……しばらくぶりです、京香さん」

入ってきたのは、賢吾の母、京香だった。そう、旦那《だんな》の浮気《うわき》を絶対に許さない、もし隠し子でも見つかろうものなら、血の雨が降るのは避《さ》けられない、あの京香さんだ。

見た目は和服姿がよく似合う美人だが、その仮面の下には般若《はんにゃ》が隠れている。

佐知と賢吾は生まれた病院が同じで、母親同士も仲がよかった。佐知の母親が亡くなった後は、心配した京香がよく夕飯を食べさせてくれたものだ。だから佐知と京香の付き合いもそれなりに長く、普段《ふだん》ならもう少しくだけた応対をするのだが、今日は緊張感《きんちょうかん》が違《ちが》う。

「いやだねえ佐知ったら、そんな他人行儀《たにんぎょうぎ》に。こっちはあんたが生まれたままの姿の時から知ってるんだから、そんなにかしこまらなくてもいいんだよ？　賢吾が相変わらず迷惑《めいわく》かけてるんじゃないのかい？　この子ったら子供の頃から佐知の後ろをついて回って、高校受験の時は勝手に願書を書き換《か》えたし、大学受験の時なんて、佐知を追いかけて同じところを受けたりなんかして――」

「おい、何か用件があってきたんじゃねえのか？」

ちょっと聞き捨てならないセリフが含《ふく》まれていたような気がするし、何か不自然に遮《さえぎ》ったような気もするが、気のせいだろうか。少し引っかかった佐知だったが、次の京香の言葉にそれどころではなくなる。

「ああ、この子が息子《むすこ》なんだね？」

佐知と賢吾の間に緊張が走った。思わず、史を守ろうとぎゅっと抱きしめ直す。修羅場《しゅらば》か？修羅場なのか？　史には罪はないのだから、何とか史の身だけは無事に――

「あなたが史ちゃんね？　おばあちゃんですよー」

「……」

一瞬《いっしゅん》視線を合わせた賢吾と共に、ほっと息を吐《は》く。どうやらバレた訳ではないらしい。

だが、どうして賢吾が子供を引き取ったことを知っているのか。新たな謎《なぞ》が生まれる。

「伊勢崎から、あんたが自分の息子を引き取ったって聞いて飛んできたんだよ？　あんた今まで一度も彼女を家に連れてきたことなんかなかったたし、たまに口を開けば仕事の話か佐知の話だろう？　もう孫の顔も見られないんじゃないかって諦めかけてたんだけど、本当によかったわ」

伊勢崎のことだから、先手を取って京香に報告したに違いない。変に疑われる前に賢吾の子供だと思わせておいたほうがいいのは分かるが、先に報告ぐらいして欲しかった。危《あや》うく心臓が止まるところだ。こっちにおいで、とにこにこしながら史に手を差し伸《の》べている京香の顔に、般若が浮《う》かぶ日が来なければいいと切実に願う。

「それで、この子の母親はどこにいるんだい？」

「ああ、この子の母親なら――」

「賢吾っ」

賢吾が言いかけた言葉を遮る。賢《かしこ》そうな子だから、きっと史は母親が亡くなったことを理解しているだろう。だが、だからといって史の前でそれを口にするのは、傷口を抉《えぐ》るに等しいと思った。

「……」

無言で京香に視線を送って首を振《ふ》る。察しのいい京香はすぐに理解したようで、軽く頷《うなず》くだけでそれ以上その話題に突っ込んでくることはなかった。だが、いきなりとんでもない宣言をしてくる。

「とりあえず、この子はあたしが育てることにするよ」

京香の言葉に、頭の中にムンクの叫《さけ》びが浮かぶ。

それはまずい。京香が事情を知らないとは言え、吾郎にしてみれば針のむしろだ。吾郎はこのところ心臓が弱ってきているので、主治医としては、いつバレるかとびくびくし疲《つか》れて運び込まれるのも困るし、そういう空気は子供にも伝わる。史のためにもそれは避けたい。

「俺の子供だ。俺が育てるのが筋だろう。あんたの出る幕じゃ――」

「何言ってるんだい！　あんたみたいな気の利《き》かない男に子供が育てられる訳ないだろう！」

駄目《だめ》だ。敵はやる気満々だ。しかも説得力のある言葉に、ぐうの音も出ない。賢吾に子供が育てられるかと訊《たず》ねられたら、佐知でも無理だと答えるだろう。何せ賢吾ときたら無神経だし傍若無人《ぼうじゃくぶじん》だし人の気持ちなんかまるで無視で自分のやりたいようにやったあげくに人のことを道連れにしようとするし――こほん、話が逸《そ》れた。

「気持ちは分かりますけど、賢吾だってやる気になればきっと……」

できる気なんかしないし、賢吾の味方なんてまるでしたくないが、ここは史のためにもこの医院の平穏《へいおん》のためにもかばうしかない。仕方なく佐知が京香を説得しようとすると、賢吾がそれを遮って口を挟んだ。

「別に俺一人で育てる訳じゃねえよ。俺の恋人《こいびと》が面倒《めんどう》見るから心配するな」

「恋人？」

京香の疑問は、佐知の疑問でもある。初耳だ。こんな傲慢《ごうまん》男とお付き合いしようなんて奇特《きとく》な女性がいたのか。今すぐ会って別れるべきだと説得したい。

「この際だから、お袋《ふくろ》にも紹介《しょうかい》しとくか。……な？」

佐知が座るチェアの腕《うで》置きに腰《こし》掛《か》けてきた賢吾に、ぽんと肩《かた》を叩《たた》かれる。

……何だ、賢吾の恋人って俺だったのか。

「……って、俺⁉」

待て。待とう。一旦《いったん》落ち着こう。俺、賢吾と付き合ってたの？　いつから？……ってそんな訳ないだろう！

京香を諦《あきら》めさせるために言い出したのだということぐらいは分かるが、何も相手は俺じゃなくてもいいじゃないか。

ふざけるなよと賢吾を睨《にら》みつけたら、それ以上の形相で睨み返される。理不尽《りふじん》すぎると思ったが、その時になってふと、自分の腕の中にいる史の手が、ぎゅっと佐知の白衣の裾《すそ》を握《にぎ》っているのに気がついた。

史のことを話しているのに、史自身は蚊帳《かや》の外で。どうすることもできずにただ黙《だま》って我慢《がまん》しているだけしかできない。そんな史の姿が不憫《ふびん》で、佐知は腹を決めた。

このまま京香のもとへ連れていかれたら、史は余計に辛《つら》い思いをすることになる。途中《とちゅう》で京香にバレて、史の目の前で修羅場なんてことになったら最悪だ。

賢吾は勝手な男だが、懐《ふところ》は深い。賢吾のそばにいるほうが、史はきっと自由に生きられる。

これは、賢吾のためなんかじゃなくて、史のためだ。史のためなんだ。……よし。

「ど、どうもご紹介に与《あずか》りまして……息子さんと、お付き合い？……お付き合いさせていただいて、マス」

途中で何度も詰《つ》まってしまいながらも、頬《ほお》が引きつりそうになるのを堪《こら》えて、何とか最後まで言葉を吐き出す。

賢吾と恋人だなんて、そんな突拍子《とっぴょうし》もないことを簡単に信じてくれるとは思えない。それを何とかして信じさせないといけないと思うとため息が出そうになったが、それも何とか堪えた。

それでも、賢吾に対して覚えてろよと思う気持ちだけは胸に渦巻《うずま》いて、自分の肩を抱いたままの賢吾の背中を、京香に気づかれないようにこっそりと抓《つね》ってやった。腹立たしいことに、賢吾は顔色ひとつ変えなかったが。

「俺達には子供ができねえから、佐知はずっとそのことを気にしてたな。だから今まで皆《みんな》には黙ってたんだが、史って息子もできたことだし、これを機会に佐知と籍《せき》を入れるのもいいかって。な？」

よくもまあ、そんなにぺらぺらと嘘《うそ》が出てくるものだ。半ば呆《あき》れながらとりあえず頷く。そうして、まずは一通り京香が捲《まく》し立てるであろう、男同士だなんて云々《うんぬん》のセリフに身構えた。

……のだが。

「さ、佐知？　恋人っていうのは佐知なのかい？　実は佐知は女の子……いや、昔何度もオムツを替《か》えてやったけど、可愛《かわい》らしいのがちゃんとついていたはずだね。……ということは、あんた達は女じゃなくて男が好きってことなのかい？」

「馬鹿《ばか》言え。男なんか死んでもごめんだ。俺が好きなのは、男とか女とかじゃなくて、佐知なんだよ」

京香は驚愕《きょうがく》の表情で賢吾と佐知を交互《こうご》に見たものの、しばらくして我に返ったように目を瞬《またた》かせてから言った。

「まあ……相手が佐知なら、仕方がない……のかしら？」

最後に疑問符《ぎもんふ》が飛んでいる辺り、京香もまだ混乱しているのだろう。それでも意外にあっさりと京香が納得《なっとく》したことに驚《おどろ》く。男同士って、そんなに簡単に受け入れられていいものか？

「そりゃあ、少しは驚いたけど、あたしももう長いことあんたの親をやっているからねえ。そうなんじゃないかって疑う気持ちはずっとあったんだよ？　あんたの佐知に対する執着《しゅうちゃく》は、あたしが吾郎さんを好きな気持ちと同じなんじゃないかってね。あたしだって、吾郎さんとの結《けっ》婚《こん》を家族に反対されて実家と絶縁《ぜつえん》した身だから、あんたの恋路《こいじ》を邪魔《じゃま》するような野暮《やぼ》なことはしたくないしねえ。反対して駆《か》け落ちされても困るし。そもそも考えてみたら、ただの幼馴染《おさななじ》みのために人生捧《ささ》げるような真似《まね》をする訳が——」

「分かってくれればいいんだ」

長々と続きそうな京香の言葉を、賢吾が無理矢理《むりやり》に遮った。

「いやだねえ、親子ってのは。一途《いちず》なところはあたしに似たのかねえ」

そんなセリフと共にあっさりと受け入れられて、佐知のほうが唖然《あぜん》とする。京香さん、ずっとそんな勘違《かんちが》いしてたのか？　しかも京香さんと同じって言ったら、般若《はんにゃ》レベルなんですが。

佐知の知る限り、賢吾は恋愛事《れんあい》において非常に淡泊《たんぱく》だ。高校時代だって、学年一可愛い女の子に告白されてもあっさりと断っていたし、それなりに遊んでいるのだろうが、特定の誰《だれ》かと長く付き合っているのを見たこともない。どちらかと言えば、不特定多数の女を侍《はべ》らせて鼻の下を伸ばしているような……やめよう、考えたら腹が立ってきた。

「あ、でも佐知はどうなんだい？　賢吾に無理矢理脅《おど》されてるんじゃないだろうね？」

「こいつが脅されるタマかよ。照れてるだけだ」

へたに話すとぼろを出しそうなので、ははは、と乾《かわ》いた笑いで誤魔化《ごまか》す。

「……まあ、そういう世界はあたしには分からないけど、きっと二人にしか分からない苦労なんかもあるんだろうし……ってちょっと待って。これってもしかしてあれかい？　純愛なんじゃないのかい？」

「へ？」

京香の突然《とつぜん》の思考の変化についていけない。純愛？　急にどうした。

「そうなんだね？　男同士なのにこの気持ちが抑《おさ》えられない！　お前以外愛せないんだ！　お前のためなら全《すべ》てを捨てたって構わない！……そういうことなんだね？」

違《ちが》います。

即答《そくとう》したいところだが、もちろんそれを口に出すことはできず、佐知としてはひたすら笑顔《えがお》で誤魔化すしかない。そういや京香さん、ここ何年か韓流《はんりゅう》ドラマにハマってて、純愛をしろだとか何とかうるさいって、伊勢崎が前にぼやいてたな。

そもそも京香さん自体、駆け落ちするぐらいの恋愛体質な訳で、わりと暴走するところがあるのも何となく理解していた佐知は、諦めと共に遠い目をしてこの場をやりすごすことにした。

「分かったよ、二人の真実の愛はあたしが守ってあげようじゃないか。誰にも文句は言わせないよ！　あたしはあんた達二人の愛を守るキューピッドなんだから！」

「おい、キューピッドって別に愛は守らないんじゃないのか？　無責任にくっつけるだけだろう？」

「単語が使いたいだけだ。放っておけ」

「あのテンションを放っておいていいのか？　お前の母親なんだから、お前が何とかしろよ」

史なんか、勢いに呑《の》まれて完全に引いちゃってるから。俺の白衣の裾、もうぐっちゃぐちゃだから。

「馬鹿、あの勢いを止められると思ってんのかよ」

確かに、それは言えてる。

京香に聞こえないようにこそこそと二人で会話していると、京香に「ほらそこ、認められて嬉《うれ》しいのは分かるけど、いちゃいちゃしない」と怒《おこ》られた。会話しているだけでいちゃいちゃ呼ばわりされるとは。賢吾といちゃいちゃするぐらいなら、伊勢崎相手に頬ずりでもするほうがまだましだ。

何だか一気に疲れた。どうやら史を育てることは諦めてくれたようだし、とりあえず帰って欲しい、なんて思ったから罰《ばち》が当たったのか、京香はさらにとんでもないことを言い出す。

「そうだ、二人で子育てするって言うなら、一緒《いっしょ》に住まなくちゃいけないねえ」

「……へ？」

いやいやいやいやいや、誰と誰が一緒に住むって？　俺と？　賢吾が？　ないないないない。賢吾と一緒の部屋で寝《ね》たのなんか、修学旅行の八人部屋で、隣《となり》で寝るはずだった同級生と賢吾がいつの間にか入れ替わっていた時が最後だ。あの時は隣の賢吾が何度も寝返りを打つので、気になって一睡《いっすい》もできなかった。

「冗談《じょうだん》じゃ――」

「言われなくても、そうしようと思ってたところだ」

待て。何を言い出したんだお前は。せめて俺に確認《かくにん》を取ってからにしろよ。絶対断るけど。

「いや、俺は別にそこまでして――」

何とか穏便《おんびん》に断ろうとするが、佐知の頭をぐしゃぐしゃと撫《な》でて、賢吾がそれを遮《さえぎ》った。

「お前が俺の立場を気遣《きづか》ってくれるのは嬉しいが、うちの組員には俺がきっちり話を通しておく。誰にも文句なんか言わせねえから、安心して嫁《よめ》に来い」

「……っ」

くっそ、何なんだこいつ、殴《なぐ》りたい。ここまで言われて断ったら、不自然すぎる。

「……お前がっ、そう言うなら」

たったこれだけのセリフを言う間に、頭の中で数十発は賢吾にビンタをお見舞《みま》いした。

この男、本当は初めから佐知を道連れにして史の面倒《めんどう》を見させる気満々だったに違いない。

うっかり罠《わな》にかかったことに歯嚙《はが》みしても、もう時すでに遅《おそ》し。京香は、今更《いまさら》さっきまでのは全部嘘でした、なんて言える相手ではない。何でそんな嘘を吐《つ》いたのかと聞かれて、うっかり吾郎のことがバレてしまえば、その先に待つのは修羅場《しゅらば》だ。佐知のせいで吾郎が血祭りにあげられるのは寝覚めが悪すぎる。それに、史も可哀想《かわいそう》だ。

死ね、と心の中で百回ほど賢吾を罵倒《ばとう》して心を落ち着けたところで、それまで黙《だま》っていた膝《ひざ》の上の史が、不意に顔を上げて佐知を見た。

「いっしょに、すむ？」

見上げる目には、不安と期待が入り混じっていて、白衣の裾《すそ》を摑《つか》む手には可哀想なぐらいに力が籠《こ》もっている。史は史なりに考えて、佐知を味方だと認識してくれているのだろう。佐知は安心させるために笑みを浮《う》かべて、諦《あきら》めと共に頷《うなず》いた。

「これからは毎日史と一緒だ。よろしくな」

うんと頷く史の可愛さのためなら、賢吾の恋人《こいびと》だなんて汚名《おめい》にも涙《なみだ》を呑んで耐《た》えてみせよう。しばらく我慢《がまん》して、その後は別れたとか何とか言ってしまえばいいのだ。その間に賢吾がちゃんと子育てができるところを見せておけば、京香も認めてくれるだろう。男と恋人になったと言いふらされた慰謝料《いしゃりょう》は、そのうち賢吾からがっぽりいただいてやる。

「そうと決まれば、さっそく準備をしなくちゃいけないね！　あたしは先に帰って吾郎さん達にちゃんと報告しておくから、佐知も仕事が終わったら本宅に顔を出すんだよ？」

そう言った京香は、佐知の返事も聞かずにばたばたと診察室《しんさつ》を出ていった。愛想《あいそ》笑いでそれを見送った佐知は、京香がいなくなった途端《とたん》笑うのをやめ、気安く人の肩《かた》を抱いていた賢吾の手を払《はら》い除《の》ける。

「……よくも俺を嵌《は》めてくれたな」

「人聞きの悪いことを言うな。成り行きだ成り行き」

「嘘《うそ》吐け！　お前っ、やることがきたな——」

「史、よかったな。佐知がお前のママになってくれるってよ」

「まま？」

史の目が佐知を見上げる。賢吾の馬鹿《ばか》が。今、史にそんなことを言ったって、戸惑《とまど》わせるだけだ。子供にとって、母親はそんなに簡単に替《か》えのきく存在じゃない。その証拠《しょうこ》に、こちらを見る史の瞳《ひとみ》が揺《ゆ》れていた。嫌《いや》なのに、そう言えない。子供らしくもなく空気を読もうとする史を、安心させるために笑顔を向ける。

「違うぞ、史。俺のことは佐知って呼んで欲しい。史のママはずっとママだけだから、心配しなくていいんだ」

どんっ、と賢吾の脇腹《わきばら》に肘鉄《ひじてつ》を食《く》らわせてそう言うと、うっ、とくぐもった声が聞こえたが、自分でも失言だと理解したのか、苦情はなかった。こういうところが無神経なんだよ、賢吾は。

史は一度下を向いてから、もう一度、今度は意を決したように佐知を見上げて言った。

「さち、ちゃん？」

「いや、佐知でいいよ。さ、ち。ほら、呼んでみて」

見合わせて、ふふっと笑う。


「さ、ち？」

「はい、よくできました」

　よしよしと頭を撫でて褒《ほ》めてやると、史の頰《ほお》がバラ色に染まる。くすぐったそうにふよふよと口元を緩《ゆる》ませている史が可愛《かわい》くて、佐知はぎゅうっと史を抱《だ》きしめた。そうしたら、二人の間で缶《かん》がカランと音を立ててひやっとしたが、賢吾は気づいた様子もなくて、佐知と史は顔を見合わせて、ふふっと笑う。

　史はまだ子供なのだ。せめて佐知が賢吾の恋人のふりをしている間に、史が安心していられる場所作りをしてやれればと思う。賢吾は気が利《き》かないから、史の心の機微《きび》を理解してやれるとは到底《とうてい》思えない。そう考えれば、恋人役を引き受けた意味もある気がした。

「お前らばっかり、仲良くなってんじゃねえよ」

　拗《す》ねた賢吾にべーっと舌を出していると、弁当を買いに行っていた舞桜が戻《もど》ってくる。

「お弁当、買ってきましたよー」

　同時に佐知と史の腹の音がぐうっと辺りに響《ひび》いて、二人はようやく空腹を思い出したのだった。


「史、今日の夕飯は何が食べたい？」

　手を繋《つな》いで一緒に歩く史に声をかけると、耳聡《みみざと》くそれを聞きつけた前を歩く男が、聞かれてもいないのに「鍋《なべ》がいい」と口を挟《はさ》んでくる。

「お前には聞いてない。勝手に話に入ってくるな」

「家族っつったら鍋だろ。一緒の鍋つついて絆《きずな》を深めようぜ」

「お前と深める絆なんか元々ない」

診察時間が終わって、いつもなら家でのんびりしているはずの時間なのに、こうして商店街を歩く羽目になっているのは誰《だれ》のせいだ。どこぞの馬鹿が勝手に京香に交際宣言なんかぶちかましてくれたせいじゃないのか。

「史だって、鍋が食べたいよな？」

振《ふ》り返った賢吾に問いかけられた史が、思わずといった様子で頷く。心なしか佐知の陰《かげ》に隠《かく》れながら歩く史の頭をよしよしと撫でてやって、佐知は「馬鹿じゃないのか」と賢吾を睨《にら》みつけた。

「子供に自分の好みを無理矢理《むりやり》に押しつけるな」

夜の商店街は街灯のお蔭《かげ》で明るく、人の行き来も頻繁《ひんぱん》だ。全国的に廃《すた》れてきた商店街が多いと問題になっている昨今、この町の商店街はかなりの賑《にぎ》わいを見せている。昔からある店に新規の店、そのどちらもが相乗効果で儲《もう》けを出す。たとえば、居酒屋などの飲食店は同じ商店街の酒屋と八百屋、肉屋に魚屋などを使っていて、店同士のコラボなども頻繁に行われているし、年に一度は大規模な祭りも行われていた。町が活気づくのはいいことだ。

「大体お前はいつもいつも自分勝手なことばかりして、どれだけ俺に迷惑《めいわく》かけたら気が済むんだよ」

「そうやって怒るくせに、いつも最後は付き合ってくれるじゃねえか」

「好きでやってるんじゃない！　俺はお前のそういうところが――」

「おやおや、坊《ぼん》にさっちゃん、相変わらずだねえ」

声をかけられたほうに目を向けると、肉屋の達吉《たつきち》が呆《あき》れ顔でこちらを見ていた。その隣の八百屋の正蔵《しょうぞう》が、かかかと笑う。

「お前らはほんとに、小さい時分からちっとも変わらねえなあ」

生まれも育ちもこの町の佐知と賢吾にとっては、昔からいる商店街のおじさんおばさん達は頭の上がらない相手だ。何せ、子供の頃《ころ》からのあれやこれやを全部知られている。初めて二人が喧嘩《けんか》をしたのも商店街だったし、仲直りした二人が一緒《いっしょ》にアイスを買いにきたのも商店街だった。子供の頃に母親にべったりだったのも、中学の頃の反抗《はんこう》期も、全《すべ》て見られているのだからこちらの分が悪い。何か反論でもしようものなら、すぐに子供の頃の恥《は》ずかしいあれこれを持ち出されるのは目に見えている。

「よう、正蔵爺《じい》さん。相変わらずくたばらねえなあ」

「うるせえ。俺ぁ生涯現役《しょうがいげんえき》だからな。まだまだ若いもんには負けやしねえぞ」

「よく言うぜ。この間、ぎっくり腰《ごし》になったらしいじゃねえか。息子《むすこ》が嘆《なげ》いてたぞ」

「ちっ、あの野郎《やろう》。余計なこと言いやがって」

東雲組は元がテキ屋の元締《もとじ》めだった縁《えん》からか、今でも地域の商売人達との繋がりが深い。軽い調子で商店街のおじさん達と言葉を交《か》わす賢吾の姿は、常日頃《つねひごろ》からよく見られるものだ。商店街の出店などに関しても、賢吾がアドバイザー的な役割をしていると聞いたことがある。

「ところで、お前さんらが連れてる子供はどこの子だい？」

じっと達吉に視線を向けられた史が、こそりと佐知の後ろに隠れた。大丈夫《だいじょうぶ》だよと、その頭を撫《な》でてやると、おずおずと顔を出す。……可愛い。

「ああ、こいつは史。俺と佐知の子――ぐはっ」

最後まで言わせず、後ろから賢吾の尻《しり》を蹴飛《けと》ばす。こっちは全然可愛くない。この男の口を縫《ぬ》いつけてやれたらどんなにいいか。

「ほう、さっちゃん、とうとう子供を産んだのかい。こりゃあめでたい！　どうだい？　祝いに特選和牛Aランク、お安くしとくよ？」

「何がめでたいもんか。男が子供を産める訳ないだろうに。この子は賢吾の子供だよ。達吉さん、男同士だってセクハラは成立するんだからな」

商売上手の達吉を拗ねた目で睨むと、それを聞いた正蔵が賢吾に言葉をかける。

「坊の子？　そりゃまたお前、らしくもねえことしたな。結婚《けっこん》でもするのか？」

「しねえよ。うちで育てることにしたから、可愛がってやってくれ」

「そうか。まあ精々《せいぜい》佐知に捨てられねえように、ご機嫌《きげん》取るんだな」

さすがは商売人、と言うべきか、踏《ふ》み込んだところまでは聞いてこない。それは助かったが、どうしてこっちに話を振ってくるのか。

「何で俺が機嫌なんか取られる必要があるんだよ。捨てるも捨てないも、元々拾ってないよ」

そう言い返しながら、いたた、と尻を擦《さす》る賢吾に冷たい視線を向ける。

「照れるなよ、佐知。俺達もうすぐ籍《せき》を入れる仲なんだからよ」

思わず追撃《ついげき》しそうになったが、思い直してぐっと堪《こら》えた。京香にああ言ってしまった以上、皆《みんな》に広まるのも時間の問題だ。ここで否定してしまったら、さっきの芝居《しばい》が無駄《むだ》になる。

「ははは、とうとうお前さん達夫婦《ふうふ》になるのかい！　後継《あとつ》ぎもできたし、そりゃあ東雲組も安泰《あんたい》だねえ」

達吉の言葉に、店先にいた他《ほか》の店の店主達も一緒に笑う。誰も本気にしていないのは、まあ当然だろう。本気にして……ないんだよな？

「よし、じゃあお近づきの印に坊の子にはこれをやろう。ちゃんと佐知に剝《む》いてもらうんだぞ？」

正蔵が、店で売っていたリンゴを史に差し出す。おずおずとそれを受け取った史が小さく「ありがとう」とお礼を言うと、正蔵はかかかと笑った。

「おう！　こりゃあ、坊よりよっぽど礼儀《れいぎ》がしっかりしてやがる。佐知、坊みたいな暴れ馬にならねえように、しっかり育ててやれよ？」

「馬鹿言えよ。暴れ馬どころか、佐知に頭が上がったことがねえよ」

「ははは、違《ちが》いねえ！　お前さんは昔っから、佐知にだけはからっきし弱いからなあ！」

この男がいつ、佐知に対して弱い態度を取ったことがあるのか。今すぐ否定したいのは山々だが、後で京香に話が通ってはまずい。話せば話すほどぼろが出そうで、佐知がははと乾《かわ》いた笑いで誤魔化《ごまか》したところで、通りの向こうのほうから慌《あわ》てて走ってくる人の姿が見えた。

「た、大変だ！　千成《せんなり》で男が暴れてるぞ！」

それを聞いた途端《とたん》、風のように賢吾が走り出す。慌てて佐知も史を抱き上げて追いかけると、千成の店先で男が店主と口喧嘩をしていて、人だかりができていた。

「この店はゴキブリが入ったうどんを客に食わせるのかよ！」

「冗談《じょうだん》じゃねえ！　あんなでかいゴキブリが入ってたら気がつかねえ訳がねえだろう！　お前が自分で放り込んだんじゃねえのか！」

千成の店主は、元は東雲組で料理人をしていた男だ。年を取ってその職を辞した後、昔から夢だったといううどん屋を営んでいる。気のいい人で、こんな風に怒《おこ》っているのを佐知は初めて見た。

相手の男は、見るからに性質《たち》の悪そうな男だ。趣味《しゅみ》の悪い柄物《がらもの》のシャツに、今時どこで手に入れられるのか分からないような原色のスーツを着て、首と指にはゴールドのアクセサリー。古い任侠《にんきょう》映画から飛び出てきたんじゃないかと疑ってしまうような、テンプレートなチンピラだった。東雲組にも服の趣味の悪いのはごろごろいるが、さすがにここまでひどくない。

「みなさーん！　この店はゴキブリが入ったうどんを人に食わ――」

「そのくらいにしておけ」

外を歩く人に向かって喚《わめ》き始めた男の肩《かた》を、背後から賢吾の手が摑《つか》む。

「ああ⁉　関係ねえやつは引っ込ん……っ⁉」

振り返った男が、賢吾の顔を見て言葉を途切《とぎ》れさせた。サバンナでライオンに出くわしたみたいな顔だ。まあ、気持ちは分かる。

「あ、あんたっ、東雲組の……！」

「えらく威勢《いせい》がいいな。どこの組のもんだ？」

「い、いや……っ、それはっ」

「俺はここのうどんが好きでな。美味《うま》かっただろう？」

まるで無二の親友にでもするように、賢吾は馴《な》れ馴れしく男の肩を抱いて顔を覗《のぞ》き込む。至近距離《きょり》で賢吾の笑顔《えがお》を見た男の顔は真っ青で、今にも卒倒《そっとう》しそうだ。もう一度言う、気持ちは分かる。

「え？　は、はいっ、お、美味《おい》しかったです！」

「そうか、それはよかった。ゴキブリがどうとか聞こえたが、俺の気のせいだよな？」

「は、はい！」

「なら、代金置いてとっとと帰りな。次、この界隈《かいわい》で問題起こしたら……分かってるよな？」

賢吾の声は優《やさ》しく、表情もいつもと同じ……いやむしろいつもよりにこやかなぐらいだが、男は蛇《へび》に睨まれた蛙《かえる》のように体をかちんと固まらせ、壊《こわ》れた機械のようにかくかくと頷《うなず》いた。へたに怒鳴《どな》りつけられるより、よほど怖《こわ》かったに違いない。慌てててポケットから一万円札を出して店主に押しつけ、転がる勢いで逃《に》げ出していく。

「す、すいませんでしたぁ！」

その後ろ姿を見送りながら、佐知と同じく追いかけてきていた商店街の人達が、「一昨日来《おととい》やがれ！」と言って笑った。

「坊、迷惑《めいわく》かけて済まねえ」

千成の店主がかぶっていた和帽子《わぼうし》を脱《ぬ》いで頭を下げると、賢吾はぽんぽんと店主の肩を叩《たた》いて、気にするなと首を振《ふ》る。

「迷惑なんかかかってねえよ。たまたま通りかかっただけだ」

嘘《うそ》吐け。息せき切って走っていったくせに。賢吾の心遣《こころづか》いだと分かっているから、佐知は黙《だま》って頬《ほお》を緩《ゆる》めた。賢吾のくせに、恰好《かっこ》いいじゃないか。

「それより、何かいやがらせされるような覚えはあるのか？」

賢吾の問いに、店主が苦々しげな顔で吐《は》き捨てるように言った。

「それが……せがれがどこぞのやくざに借金を作っちまったみたいなんですよ。親なんだから払《はら》えと乗り込んできやがりまして。せがれとはとっくの昔に親子の縁を切ってるもんで、払ってやる筋合いはねえと言ったら、いきなり騒《さわ》ぎ出しやがって」

「どこの家も子には苦労させられるねえ。ついこの間も、加藤《かとう》のとこのせがれがギャンブルにハマって借金作って問題起こしたばかりだってのに。あれを丸く収めたのも坊だって聞いたぜ？　鉄工所の機械使って、拳銃《けんじゅう》の密造に手ぇ出そうとしたらしいな。何でも性質の悪《わり》ぃ金融《きんゆう》屋に唆《そその》かされたって話だ。加藤の親父《おやじ》が坊に足向けて寝《ね》られねえって感謝してたぞ」

達吉の言葉に、他の店の店主達もうんうんと頷く。

加藤の親父と言えば、商店街の近くで鉄工所を経営していた人だ。息子《むすこ》の一雄《かずお》は、佐知と賢吾とは高校まで同級生だった。少し前に継《つ》いだばかりの鉄工所を潰《つぶ》したと聞いたが、賢吾が関《かか》わっていたのか。

「史のパパ、恰好《かっこ》よかったな」

腕《うで》の中の史にこっそり話しかけると、史は小さくこくんと頷いた。皆の言っていることはよく分からなくても、チンピラを追い返した姿は十分に史の心に響《ひび》いたようだ。

賢吾を見る史の目に、少しだけ不安や緊張《きんちょう》以外の感情が見えるようになって、佐知は密《ひそ》かに微笑《ほほえ》む。まあ、普段《ふだん》は賢吾がチンピラの元締《もとじ》めみたいなものだが、東雲組の組員達は賢吾の躾《しつけ》が行き届いているので、一般《いっぱん》市民に迷惑をかけるようなことはしていないはずだ。

そんな風に少しだけ佐知も賢吾のことを見直しかけたところへ、出勤前らしい水商売の女性達が通りかかる。賢吾を見つけて足を止めたのを見て、嫌《いや》な予感がした。

「やだ、賢吾さんじゃない。こんなところで会うなんて運命ね」

「今から一緒《いっしょ》にお店に行きましょうよ」

「ねえってば」

賢吾を見つけるなり、口々に言いながら賢吾を取り囲む。またこれだ。ある者は賢吾の腕に絡《から》みつき、ある者は胸に抱きつく。さりげなく自分の胸を押しつけている者までいる。

こうして賢吾が女を侍《はべ》らせている姿は、昔から数えきれないほど見てきたが、見るたびにいつもむかっとする。いいご身分なことだ。

「今から出勤か？　精々稼《かせ》いでこい」

振り払うでもなくされるがままで、顔色も変えずにそう言った賢吾の姿にふんと鼻を鳴らす。このむっつりが。内心ではにやついてるんじゃないのか。

「さ、史。あんなの放っておいて先に行こう」

付き合っていられないとばかりに、史を抱いたまま歩き出す。

「おい、佐知」

「どうぞ、ごゆっくり」

「おい、待てって。あれはうちの店の女で――」

「興味ないね」

けっ、鼻の下伸《の》ばしやがって。勝手にやってろ。

鼻息荒《あら》く早足で歩く佐知に、達吉が余計な言葉をかけてくる。

「さっちゃんの旦那《だんな》はモテるからなあ」

旦那じゃない！　そう大声で叫《さけ》びたい気分だが、自分の現在置かれた立場を思い出し、佐知は再度深く心に刻み込む。

やっぱり、賢吾なんか大嫌《だいきら》いだ！


「あー、食った食った。佐知、お前料理の腕上げたな」

「……」

三人で座卓《ざたく》を囲んで夕飯を食べた後、腹を撫《な》でながら満足そうな顔をする賢吾を無視して、佐知は食器をお盆《ぼん》に載《の》せていく。

この部屋は屋敷《やしき》の中でも一番広い部屋で、賢吾が寛《くつろ》ぐ居間として使われている。半分は畳《たたみ》で、もう半分は洋間になっていて、畳の間には座卓、洋間には高級そうな革張《かわば》りのソファが置かれていた。まるで高級旅館を思わせる、趣向《しゅこう》を凝《こ》らした贅沢《ぜいたく》な作りだが、腹立たしいことに居心《いご》地《ち》がものすごくいい。特に洋間のソファは、できることなら家に持って帰りたいぐらいだ。革張りのソファだなんて、ただの金持ちの見栄《みえ》だと思っていた認識《にんしき》を改めようと思う。

夕飯はうどんすきだった。賢吾に助けられた店主が、お礼にとうどんを十玉くれたからで、賢吾が鍋を食べたいと言ったからでは決してない。料理人が常駐しているにも拘わらず、賢吾の分まで作らされたのは業腹《ごうはら》だったが、史が美味しそうに食べてくれたので、それはまあよしとする。だが、佐知にはどうしても納得《なっとく》がいかないことがあった。

「何怒ってんだ、お前は。言いたいことがあるならはっきり言えよ。我慢《がまん》は体によくねえぞ？」

「……それなら言わせてもらうけど、お前のとこの組員は皆《みんな》どうなってるんだ」

「ああ、何だそのことか。あんまりお前に懐《なつ》くのはむかつくが、俺が妬《や》かねえ程度に可愛《かわい》がってやってくれ」

「今は冗談に付き合う気分じゃないんだよ！　おかしいだろう⁉　何で皆揃《そろ》いも揃ってあっさり受け入れるんだ！」

賢吾の屋敷は、吾郎と京香が住む本宅と庭を挟《はさ》んで対になっている。どちらも日本家屋だが、昔ながらの風情《ふぜい》が色濃《いろこ》く残る数寄屋《すきや》造りの本宅とは違《ちが》い、賢吾が住む屋敷のほうは、和をベースとしながらも、モダンな雰囲気《ふんいき》を感じさせる現代的な日本家屋だ。広大な敷地に建てられた両家の間には広い中庭があり、中ほどに造られた池では何百万もする鯉《こい》が何匹《びき》も泳いでいる。

本宅に顔を出せと京香に言われた佐知だったが、今日は疲《つか》れたから明日《あした》にしてもらおうと、こっそり本宅の入り口を通り過ぎ、屋敷の入り口に着いた時の話だ。

一斉《いっせい》に入り口に並んで賢吾を出迎《でむか》えた組員達は、佐知の医院の常連も多く、そのほとんどが顔見知りなのだが、その男達が佐知を見るなり口々に言ったのだ。

『佐知さん、本当にありがとうございます！』

『これで俺達、若の不機嫌《ふきげん》に悩《なや》まされずに済みます！』

『若のこと、よろしくお願いします！』

……俺は生贄《いけにえ》か何かなのか。それ以前に何故《なぜ》皆反対しないのか。

京香にバレるリスクを最大限減らすため、組員達には本当のことは何一つ話していない。史の本当の父親のことを知っているのは、本人である吾郎に、賢吾と佐知、そして伊勢崎に舞桜だけだと聞いている。それなのにこの反応は解《げ》せない。

しかも、組員達が口々に騒いだせいで本宅にいた京香に見つかり、結局捕《つか》まってしまって散々だった。あの調子で真実の愛だ何だと騒がれた時は、いっそ殺してくれと思ったぐらいだ。

京香に連れられて顔を出した吾郎だけが、唯一《ゆいいつ》文句を言いたそうにしていた。次期組長である賢吾が男と付き合うなんて、そりゃあ反対もしたいだろう。だが、こうなった原因が史だと分かっているのか、最後まで反対を口にすることはなかった。吾郎からしてみれば、史というアキレス腱《けん》を抱《かか》えている今、表立って賢吾のすることに反対などすれば、何を言われるか分かったものではないと思ったのかもしれない。

「納得がいかない」

「うるせえな。何でそう反対されたがるんだ。すんなり納得してるんだから、それでいいじゃねえか。史のためだ、我慢しろ」

「……さち、がまんしてる？」

賢吾の言葉の中から敏感《びんかん》にその単語を拾った史が、心配そうに佐知に視線を向ける。五歳であるにも拘わらず、座布団《ざぶとん》の上でちょこんと正座をしている姿は、子供らしさに欠けて不憫《ふびん》に思えた。今日からここがお前の家だよと言われても、史の緊張はいささかも解けることがない。そんな史であるからこそ、我慢という言葉に過敏に反応してしまうのだろう。

「史といるのに我慢なんかしてないぞ？」

「そうだぞ、佐知が我慢してるのは、俺への気持ちだけだからな」

「お前、ほんと一度頭の中を検査してみたら？」

賢吾は子供の頃《ころ》からこの調子なので、佐知としてはもういい加減うんざりしつつも慣れてしまっているところもあるが、史が本気にしたらどうする。

「俺の頭の中が全部見たいとは、熱烈《ねつれつ》だな、佐知」

「いや、お前の頭の中なんか見たくないし。もし頭の中がお前の絵だらけだったらどうするんだよ。悪夢でうなされるなんてごめんだね」

「俺の絵に何の文句があるんだ」

「ありまくりだよ。絵、なんて言うのもおこがましい。お前が中学の授業で描《か》いた俺の肖像画《しょうぞうが》。あれはほんとにひどかった。人間ですらなかったもんな」

アメーバでも描いたのかと思ったら、自信満々でお前だと言われて、ぶん殴《なぐ》ってやろうかと思った。百人に聞いたら九十九人は違うと答えるだろう。ちなみに残りの一人は本人だ。

「お前が人の絵のこと語れんのかよ。お前が描いた俺の肖像画も大概《たいがい》のもんだったぞ」

「お前ほどひどくない！」

「こっちのセリフだ」

むむむ、と互《たが》いに睨《にら》み合う。

「よし、そっちがその気なら、正々堂々勝負しようじゃないか。審判《しんぱん》は史ってことで、文句ないよな？」

「望むところだ」

おい、と賢吾が廊下《ろうか》に声をかけると、すっと襖《ふすま》が開いて、用意のいい伊勢崎が画用紙と色鉛《いろえん》筆《ぴつ》を持って入ってきた。……いたのか。

「史坊《ぼっ》ちゃんのために用意したものなんですがね」

おとなげない佐知と賢吾に呆《あき》れた顔で渡《わた》された画用紙を受け取って、二人は互いに奪《うば》い合う勢いで座卓に置かれた色鉛筆に手を出す。

「お題は史にしよう。同じものを描いたほうが、違いが分かりやすい」

「おう」

そうして二人は一心不乱に手を動かした。しばらく無言で作業して、ほぼ同時に色鉛筆を置く。

「よし、じゃあ史、どっちの絵が上手《うま》いと思うか、正直に答えてくれよ？」

「そうだぞ、史。佐知の絵がひどいって、素直《すなお》に言ってやれ」

言いながら、二人同時に画用紙を史に見せる。

「……っ」

いつも冷静な伊勢崎の頰《ほお》がわずかに引きつった。ほら見ろ。あまりの賢吾の絵のひどさに絶句しているじゃないか。

史が、二人の絵を交互《こうご》に見て、困ったように下を向いた。

「分かるよ、史。いくら賢吾の絵がひどくても、史は優《やさ》しいから素直にそう言えないんだよな？」

「何言ってやがる。佐知の絵がひどいから、困ってんだろうが」

佐知と賢吾が言い合いを始めたところで、伊勢崎がこほんとひとつ咳払《せきばら》いをする。伊勢崎なら正直な感想を言ってくれるはずだと期待に満ちた目を向けるが、返ってきたのは残酷《ざんこく》な宣告だった。

「こう言っては何ですが、こんな茶番の審判を史坊ちゃんにさせるのは酷というものです。あなた方は、目くそ鼻くそを笑う、ということわざを知っていますか？」

「……」

改めてお互いの描いた絵を確認し合う。単体で見れば賢吾の絵はひどいと思ったが、並べてみると、自分の絵もそう大差ないように思えた。おかしい。今日はちょっと調子が悪かったのかもしれない。

「い、いや、でもっ、俺の絵はちゃんと睫《まつげ》だって描いてあるし！」

賢吾の絵と一緒《いっしょ》になどされたくなくて、必死に自分の絵のいいところをアピールする。いくら何でも、あんなよく分からない抽象画《ちゅうしょうが》みたいなものと一緒にされたくない。人間の顔を描いているはずなのに、どうして緑や青が使われているのか。ピカソ気取りもいい加減にしろ。

「ああ？　それを言ったら、俺のはちゃんと服だって描いてあるだろうが」

「服!?　どう見たってこれバスタオルか何かにしか見えないんだけど、服だったのか!?　これを服だって言い張れるお前の神経が知れないね」

「お前の髪《かみ》の毛よりましだろうが！　史の髪の毛はもっとふわっとしてる！　何だこのたわしみたいな髪は！」

子供の喧嘩《けんか》みたいに、やいやいと相手の絵にケチをつけ合っていると、ぷっ、と吹《ふ》き出す音が聞こえた。振《ふ》り向くと、史が口を押さえて笑っている。

「よかったですね、お二人共。史坊ちゃんの娯楽《ごらく》にはなったみたいですよ？」

明らかに馬鹿《ばか》にした口調で伊勢崎に言われたが、史の笑顔《えがお》が見られたからまあいいか、と二人は顔を見合わせて苦笑《くしょう》した。

まあ、絶対賢吾の絵よりはましだけど。そこだけは譲《ゆず》れないけど。


「あー、いい風呂《ふろ》だった」

浴衣《ゆかた》姿でがしがしと頭をタオルで拭《ふ》きながら、縁側《えんがわ》をのんびりと歩く。初めてこの屋敷《やしき》で風呂に入ったが、贅沢《ぜいたく》な造りの檜風呂《ひのきぶろ》は大人が五人は入れそうなほどに広かった。一緒に入った史は先に伊勢崎が上げてくれたので、一人でゆったりと入っていたら、あまりの気持ちよさに佐知にしては珍《めずら》しく長湯をしてしまった。

火照《ほて》った体にひんやりとした夜風が気持ちいい。浴衣を着て歩いていると、まるで旅館にでも来たような気持ちになる。

縁側のところどころに置かれた行燈《あんどん》がぼんやりと足元を照らして、風情ある景色を作り出していた。どこかで鹿威《ししおど》しの音も聞こえる。何だか別世界へ来たみたいだ。

そんな風に幽玄《ゆうげん》な世界を堪能《たんのう》しながら歩いていると、視界に風情など欠片《かけら》も感じられない無《ぶ》粋《すい》な連中が目に入って、思わず舌打ちをする。無粋極《きわ》まりない。景観法か何かで取り締《し》まってやりたい。センスの悪い柄物《がらもの》のシャツに身を包んだ組員達は、曲がり角の向こうをこそこそと窺《うかが》うように覗《のぞ》いていた。

「お前ら、何やってるんだ?」

「え？　あ！　佐知さんっ!?」

後ろから近寄って耳元に声をかけると、振り返った組員達がぎょっとした顔で佐知を見る。

「な、何て恰好《かっこう》してんですか！　勘弁《かんべん》してくださいよ！　佐知さんのこんな姿見たなんて知れたら、若に殺されちまう！」

「はあ？」

何かおかしなところでもあるのかと自分の姿を確認《かくにん》する。風呂から上がったら脱《ぬ》いだ服の代わりに浴衣が置かれていたから、それを着ただけだ。帯が多少いい加減に結ばれているが、男ばかりの屋敷の中だし、だらしないぐらいは別に構わないだろう。

「何？　裾《すそ》の合わせでも間違《まちが》ってるか？」

「いや、そ、そうじゃなくて……っ」

「おかしいところがあるなら、お前が直してくれよ」

浴衣など適当に着ればいいと思っていたが、それなりに着方があるのかもしれない。どうせなら直してもらっておこうと帯を解《ほど》こうとしたら、慌《あわ》てた組員の一人に手を摑《つか》まれた。

「ささ、佐知さん！　おかしいところなんか全然ないんで！　ほんとに大丈夫《だいじょうぶ》なんでっ！　頼《たの》みますから、これ以上俺達を地獄《じごく》に送るようなことしないでくださいよっ」

「えー？」

人の姿にケチをつけたのはお前らのくせに、一体何なんだ。訳が分からず首を傾《かし》げる。

「そ、そんな可愛《かわい》い顔したって駄目《だめ》ですからね！」

「俺らっ、まだ死にたくないんで！」

「ああっ、若のものになったなんて信じたくないっ！　俺達のオアシスがっ」

「馬鹿っ、若に聞かれたら殺されるぞ!!」

「……お前ら、俺に分かる言葉でしゃべってくれる？」

ますます分からなくなって、いい加減にしろよと腰《こし》に手を当てたら、さっき解きかけていた帯がしゅるんと解けて落ちた。

「あ」

浴衣がはだけて、肩《かた》からずり落ち——そうになったところで、後ろから大きな手が浴衣の前をばさりと合わせる。

「賢吾？」

いきなり後ろから伸《の》し掛《か》かられ、こんなことをする唯一《ゆいいつ》の男の名を呼ぶと、案の定頭上から賢吾の声がした。

「……見たのか？」

問いかけは、佐知ではなく組員達に向けたものらしい。

「みみみ、見てませんっ！」

滅相《めっそう》もない、とものすごい勢いで首を振った組員の姿に、賢吾が笑う声がした。

「そうか、よかった。俺はてっきり、組員が減る心配をしなけりゃいけねえのかと思ったよ」

「い、嫌《いや》だなあ若！　俺ら、そんな目でなんか全然っ、ほんとに全然っ、見てませんから！」

「そうか？」

「そ、そうですよ！　あ、俺らこれからちょっと用事がありますんで、失礼させていただきますねっ！」

何かを思い出したのかぽんと手を叩《たた》いて、慌てた様子で組員達が佐知と賢吾の脇《わき》を通り抜《ぬ》けていこうとする。その組員達に、賢吾がぼそりと何かを言った。

「思い出したら、ただじゃ置かねえからな」

「は、はいぃぃっ！」

小さくて佐知には何を言ったか聞こえなかったが、組員達は蜘蛛《くも》の子を散らす勢いでどたばたと走り去っていった。

「何だか分かんないけど、あんまり組員をいじめるんじゃないよ。お前、人望失くすぞ？」

「誰《だれ》のせいだと思ってやがる。お前は浴衣もまともに着られねえのか。……ったく、無防備にもほどがあるだろうが」

ぶつぶつと文句を言った賢吾が佐知の正面に回り、浴衣の裾を合わせて、それから帯がきゅっと締められる。賢吾も浴衣を着ていたが、佐知が着ているものよりも渋《しぶ》みのある色で、一瞬《いっしゅん》恰好いいと思ってしまった自分を誤魔化《ごまか》すように佐知は顔を顰《しか》めた。

「こんなに首を詰《つ》めたら苦しいんだけど」

「うるせえ。嫌なら浴衣なんかやめてジャージでも着て寝《ね》ろ」

横暴だ。何がそんなに気に入らないのか知らないが、この男がすぐにころころと機嫌《きげん》を変えるのはよくあることなので、相手にしないことにする。こういう時に反論するとしつこいのは、長年の経験で分かっていた。

「そういや、史は？」

てっきり賢吾のところに戻《もど》ったと思っていたのに、一緒じゃないのか？

「史？　俺は見てないが」

「まだ伊勢崎と一緒なのかな？」

広い屋敷の中で迷子になっていなければいいが。急に心配になってきて、伊勢崎を探して角を曲がった佐知は、その先にある中庭のほうに目を向けた途端《とたん》、足を止めた。

「佐知？」

「……あそこ。史がいる」

だだっ広い中庭にある池のほとりに、うずくまる史の姿が小さく見える。もしかしたら、さっき組員達が見ていたのも史だったのかもしれない。

お互《たが》いに顔を見合わせた後、賢吾が言った。

「俺が行ってもビビらせるだけだからな。お前が行ってやれ。お前なら、あいつの気持ちを少しは分かってやれるだろう？」

「……分かった」

賢吾に促《うなが》され、置いてあった下駄《げた》を履《は》いて中庭に降り、ゆっくりと史へと近づく。だんだんと見えてくる史の小さい背中がしゅんとしているように見えた。

当たり前だよな。寂《さみ》しいに、決まってるよな。

「ふーみ。何してるんだ？」

池を覗き込むようにしてしゃがんでいる史の肩が、びくりと揺《ゆ》れる。

……顔は上げない。いや、上げられないのだと分かっていた。

「鯉《こい》、見てたのか？」

逃《に》げ道を与《あた》えてやると、史は下を向いたままこくこくと頷《うなず》く。だが、今夜は月が明るくて、水面に反射した史の表情が、佐知にははっきりと見えてしまっていた。

史は、今にも泣きそうな顔をしていた。見て見ぬふりをしてやることもできたが、佐知はあえて「泣いてもいいんだぞ？」と声をかける。それに史は首を横に振《ふ》った。

「ままが、おとこのこはないちゃだめって」

そうか。だから今まで、史はずっと泣かなかったのか。母親との約束を守って、ずっと我慢《がまん》していたのだと気づき、その健気《けなげ》さに胸が痛くなった。

小さな子供にとって、母親の言葉は無条件に信じられるものだ。強い子に育って欲しいという母親の願いかもしれないが、今の史には酷《こく》に思えた。

膝《ひざ》を抱《かか》えた史の口に、きゅっと力が入る。水面越《ご》しにそれを見ながら、佐知は「ばーか」と優《やさ》しく言葉をかけた。

「男だって泣く時は泣くさ。ママの言葉には大事なセリフが抜けてるんだよ。男の子は、『一人で』泣いちゃ駄目だよ、って」

「ひとりで？」

「そう。泣くなら、誰かのそばで泣かないと。一人で泣いても、寂しいばっかりだろう？」

「だれかとないたら、さみしくない？」

「寂しいのは寂しい。でも、一人で泣くよりはずっとましだ」

おいで、と史に声をかける。史は少しだけ迷うように膝を抱える手に力を込めたが、しばらくしてようやく顔を上げた。目が合うと、瞳《ひとみ》にじんわりと涙《なみだ》が滲《にじ》み始める。

「さち……っ、……ぼく、ざみじいよぉぉぉ」

くしゃりと顔を歪《ゆが》め、とうとう目からはぼろぼろと涙を零《こぼ》し、史がわんわんと声を上げて泣く。そうして泣きながら立ち上がる史に手を差し伸《の》べると、佐知の腰に抱《だ》きついて、またわんわんと泣いた。

「ままぁっ、ままぁ……っ」

悲しむ史にかけてやれる言葉はなくて、佐知はただ黙《だま》って史の頭を撫《な》でる。

小さな体をめいっぱい震《ふる》わせてしゃくりあげる姿は、ただただ切ない。それでも、ようやく史が泣けたことをよかったなとも思う。

母親を亡《な》くす苦しみは佐知も知っていた。あの時、佐知は中学生だったが、それでも胸を切り裂《さ》かれそうな痛みと、いつもそばにいてくれた温《ぬく》もりがもうそばにいない不安で、おかしくなりそうだった。こんな小さな子供なら、尚更辛《なおさらつら》いだろう。

そしてこんな時、ただ黙って誰かがいてくれることのありがたさも、佐知は知っている。

母が亡くなった日。誰もいないはずの夜の公園で一人、ベンチで膝を抱えて座っていた佐知のそばには、賢吾がいた。

中学生だった佐知はちょうど思春期に差し掛かった頃《ころ》で、もう簡単に人前で泣ける年齢《ねんれい》ではなかった。母が死んで悲しいのに、ちゃちなプライドがそれを邪魔《じゃま》する。声を上げて泣くには大人になりすぎ、泣かないままでいるには子供すぎた。そんな自分を誰にも見られたくなくて、こっそり一人で出てきたはずだったのに、しばらく声を殺して泣いて、気がついたら隣《となり》に賢吾が座っていたのだ。

『……何、やってるんだよ』

一番人に見られたくない姿を、一番見られたくないやつに見られた。バツの悪さに尖《とが》った声で呟《つぶや》いた佐知に、賢吾は空を見上げたままで言った。

『別に。ほら、月が綺麗《きれい》だぞ』

言われて何となく見上げた月は、涙で滲んでよく見えなくて、本当に綺麗かどうかは分からなかったが、意地でも賢吾のほうを見るのは嫌で、ベンチの背に体を預けて空を見上げたまま
『そうだな』とだけ呟いた。

触《ふ》れられたくなんかないくせに、もっと他《ほか》に何か言うことがないのかとこちらが思ってしまうぐらい、賢吾はいつも通りの顔で、同情も慰《なぐさ》めも、何一つ言わなかった。

その後はずっと沈黙《ちんもく》。賢吾は一言も話さず、ただ黙ってそばにいた。時折佐知がしゃくり声を上げても、何も言わなかった。あの時の賢吾も、今の佐知と同じような気持ちだったんだろ

うか。

そんなことを考えながら、佐知は史が落ち着くまでずっと、ただ黙ってそばにいた。きっと今も佐知と史のことを見守っているのだろう、賢吾の視線を感じながら。


昨日の夜、涙が涸《か》れるぐらいに泣いた史は、そのまま佐知の布団《ふとん》で一緒《いっしょ》に眠《ねむ》り、朝目覚めた時にはあまりの自分の目の腫《は》れように驚《おどろ》いていた。だが、表情はどこかすっきりとしていて、泣かせてやれてよかったと思った。

史は朝から佐知と一緒に雨宮医院に出勤し、またガーゼを挟《はさ》む仕事をして飴《あめ》をもらう。そうして夜には強制的に迎《むか》えにきた賢吾に連れられ、佐知と共に賢吾の屋敷《やしき》に帰って、今は夕飯を食べ終えてまったりしているところだ。

佐知の膝の上に座って、座卓《ざたく》で絵の具を使ってお絵かきをしているが、時折横から賢吾に訳の分からない物体を登場させられていた。

「せっかくの史の作品を台無しにするなよ」

「俺は、史の作品に芸術性を与えてやってるだけだ」

お前が芸術を語るな。自分も人のことを言えた義理ではないが。

「あ、史。手がすごいことになっちゃってるぞ」

絵を描《か》き終えた史の手が、絵の具塗《まみ》れになっていた。驚いた顔でこちらを向いた史の鼻の頭にも、ちょこんと絵の具が付いてしまっている。絵を描くのに夢中で、擦《こす》ってしまっていたらしい。困ったように自分の手と佐知を交互《こうご》に見る史を見て、賢吾がぽんと史の頭に手を置いた。

「よし、一緒に風呂《ふろ》に入るか」

賢吾の言葉に、史が尚更困ったという顔をする。風貌《ふうぼう》が怖《こわ》いのか、それとも父親という未知の存在に対する遠慮《えんりょ》なのか、史はまだ賢吾と二人になることに緊張《きんちょう》するようだ。史の反応に頭を掻《か》いた賢吾は、佐知のほうを見てにやりと笑った。

「お前も一緒に――」

「断る」

電光石火の速さで拒否《きょひ》する。

高校の修学旅行の時に、散々人のことをひ弱だ何だと馬鹿《ばか》にした賢吾と喧嘩《けんか》になったせいで、風呂の時間に間に合わなくなり、皆《みんな》が入った後にだだっ広い宿舎の風呂に二人で入る羽目になった恨《うら》みはまだ忘れていない。

「何だ、恥《は》じらってんのか？　お前がそんなに俺のことを意識してるとはな」

意味深に上から下まで佐知に舐《な》めるような視線を送ってから、賢吾がにやりと笑う。

「はあ？　意識なんかしてない。俺は純粋《じゅんすい》に嫌《いや》がってるんだよ！」

女みたいな反応をしていると思われるのは癪《しゃく》に障《さわ》る。お前みたいに体格に恵《めぐ》まれたやつには、貧相な体に生まれた者の悲哀《ひあい》なんか分からない。

「俺に裸《はだか》を見られるのが恥ずかしいなんて、お前も可愛《かわい》いところがあるな」

「だーからっ、違《ちが》うって言ってるだろう！」

「俺に裸なんか見られても恥ずかしくない？」

「当たり前だっ」

「なら、一緒に入っても平気だな？」

「平気に決まって――あれ？」

「よかったな、史。今日は三人で風呂だ」

あれ？　何でそんなことに？　どこで間違ったんだ？

「さち、いっしょにはいる？」

「……………はい」

どんなにノーと言いたくても、この純粋な瞳に見つめられたら、佐知にできる返事は一つだけなのだ。


ちゃぷん。

広い檜風呂《ひのきぶろ》の端《はし》と端。一番賢吾から遠いところを選んで、顎《あご》先まで湯の中にどっぷり浸《つ》かった佐知は、何でこんなことになったんだろうと自問自答していた。

男同士なのだから堂々としていればいいのだが、いかんせん相手が悪すぎる。いつ鍛《きた》えているのだか知らないが、がっちりとした賢吾の体は男の目から見ても惚《ほ》れ惚《ぼ》れするほどで、自分の貧弱な体が余計にみすぼらしく感じる。仕事を言い訳にしていたが、本格的に筋トレを始めることを密《ひそ》かに決意した。

それにしても、賢吾の体をこうして眺《なが》めるのは久しぶりだが、佐知の知らない傷痕《きずあと》が増えている。数はそう多くはないが、腕《うで》と脇腹《わきばら》の痕は特に目立っていた。縫《ぬ》ったのは父の安知かもしれない。……くそ、あんな縫い方しやがって。俺だったらもっと綺麗に目立たないように縫ってやったのに。

「さち、もういい？　あわあわ、とれた？」

シャンプーが目に入らないように頭にハットをつけて、一生懸命《いっしょうけんめい》自分で頭を洗っていた史が、シャワーをかぶりながら声をかけてくる。

「え？……ああ、いいぞ。じゃあ、ちゃんと浸かろうか」

「うん」

素直《すなお》に返事をした史は、シャワーを止めてハットを外してよいしょと檜風呂の中に入る。その手には伊勢崎が買ってくれたあひるの人形が三つあって、湯に浸かると同時にぷかりと浮《う》かべられた。

「あひるさん、きもちいい？」

ふよふよと浮かぶあひるの人形を眺めて、史がうふふと笑う。昨日泣いてから、史は前より話すようになった。それと同時に表情も明るくなってきていて、佐知はそれがとても嬉《うれ》しい。子供らしいのはいいことだ。

「あひるさん、さんにんいるね。さちとぼくと……」

ちらっ、と史の目が賢吾に向けられる。そういえば、史が賢吾のことを呼んでいるのを聞いたことがない。史にはお前の父親だと伝えているはずだが、きっかけがないと呼びにくいのだろう。

「そうだな。俺と史と、史のパパだな」

史が口にしやすいように、佐知のほうからさりげなく後押しをしてやる。

「うん。……ぱぱ」

恐《おそ》る恐る、史が初めてパパと口にした。ちらりと賢吾の顔を確認《かくにん》した佐知は、思わずぶはっと吹《ふ》き出す。

「お前、何て顔してるんだよ」

まるで菩薩《ぼさつ》のような顔で目を瞑《つぶ》る賢吾の姿を組員達が見たら、すわ地球の終わりかと恐れ戦《おのの》いたに違いない。長い付き合いの佐知でさえ、そんな表情を初めて見た。

「今ちょっと幸せを噛《か》みしめてる。……考えたこともなかったが、子供ってのはいいもんだな」

「……はは、史、パパ喜んでるぞ？」

「ほんと？」

「ああ。もっと呼んでくれ」

「ぱぱ？」

「おう」

史の顔に、ぱっと花が咲《さ》いたような笑《え》みが浮かんだ。嬉しいことのはずなのに、何故《なぜ》か佐知の胸の奥深いところが、ちりっと痛む。子供、欲しいのか。……そりゃそうだよな。

何でそんなことを考えたのか、自分でも分からない。何だかもやもやしてしまって、賢吾に向かってばしゃりとお湯を飛ばす。

「何だ急に」

「いや、何か顔がむかついただけ」

「お前、やくざより理不尽《りふじん》だな。構って欲しけりゃ、素直にそう言えよ」

「はあ？　構って欲しくなんかないし。ただ、顔が気持ち悪いからむかついただけだ」

自分だけ、仲間外れみたいだとか思ってないし。寂《さみ》しいなんて、これっぽっちも思わなかったし。

「さち、ぱぱきらい？」

「え？」

唐突《とうとつ》な史の問いに言葉を失う。

違うからな。別に嫌《きら》いって言いたくなかった訳じゃないから。ただ、史のパパを嫌いだなんて、史が傷つくかなと思っただけだから。本当にそれだけだから。

「い、嫌だなあ、史のパパのこと嫌いな訳……嫌いな、訳っ、ないじゃないか、はは、ははは」

引きつった笑みを浮かべながら、何とかその場を取り繕《つくろ》う。にやにやしている賢吾の姿が史の後ろに見えて、史さえいなければ今すぐ風呂に沈《しず》めてやるのにと思った。

「史、あんまり突《つ》っ込んでやるな。佐知はちゃんと俺のことが好きだから、お前は心配しなくていいぞ。それより、ちゃんと肩《かた》まで浸かれ。湯冷めしたら風邪《かぜ》をひくぞ」

賢吾の言葉に、史がこくりと頷《うなず》く。賢吾に助けられるなんて業腹《ごうはら》だが、ここは仕方ない。とりあえずこれ以上突っ込まれずに済んでほっとした。

「せっかくだから、誰《だれ》が一番長く入っていられるか勝負しようか」

あまり湯に浸かるのが好きじゃない史に、少しでも長く湯に浸かってもらおうと、軽い気持ちで提案した佐知だが、言ってしまってから後悔《こうかい》する。

「ほう、勝負か。面白《おもしろ》い」

勝負事になると熱くなってしまう男がここにいた。そしてそうなると、引けなくなるのが佐知なのだ。

「絶対負けない」

おとなげない二人の戦いの幕が今、切って落とされる。

最初の数分で、史は早々に脱落《だつらく》した。賢吾に呼ばれた伊勢崎が史を上げてくれる時に、またやっているのかと冷ややかな視線を向けてきたが、結局伊勢崎と史が風呂場を出ていっても、二人はまだ我慢《がまん》比べを続けていた。

「黙《だま》って入ってんのもつまらねえから、お前何か話せよ」

「はあ？　お前とするような会話なんか……あれ？　そういえば賢吾、入れ墨《ずみ》、してないんだな」

吾郎も京香も入れているし、医院に来る組員達の中にもちらほらいたから、やくざと言えば入れ墨、というのはお約束なのかと思っていた。

「ああ……まあ、昔は根性試《こんじょうだめ》しとして入れるやつは多かったみたいだがな。俺は入れる気はねえな」

「へえ。……あ、そうか。お前痛いの嫌いだったよな」

賢吾はこの風体《ふうてい》に似合わず、注射の類《たぐい》が苦手だ。体に針を刺《さ》されるなんて、耐《た》えられないのかなと笑いかけた佐知だったが、賢吾はそれに首を振《ふ》る。

「あれを入れると、献血《けんけつ》や臓器の提供ができなくなることがあるんだってな」

「まあ、肝炎《かんえん》なんかに感染《かんせん》することがあるから、リスクはあるな」

「もし、そのせいで大事な誰かを助けられないなんてことになったら、一生悔《く》やんでも悔やみきれねえだろう？」

施設《しせつ》や団体にもよるが、入れ墨を入れると、半年から一年ほどは献血や臓器の提供を断られるケースがある。入れ墨にはC型肝炎ウイルスやエイズウイルスなどへの感染リスクがあり、患者《かんじゃ》への感染を防ぐためだ。C型肝炎ウイルスやエイズウイルスへの感染自体は検査で発見できるが、感染の初期、数週間から数ヶ月の間は、検査で陽性が出ないことがあるウインドウピリオドと呼ばれる期間があるため、その期間を経過した上で検査をクリアしないと、リスクを回避《かいひ》できない。

「お前も俺も同じ血液型だしな」

ちょっとくらっとした。……あれ？　本当
「俺はお前の血なんか絶対もらいたくない」

賢吾の血液が自分の体に廻《めぐ》ることを想像したら、ちょっとくらっとした。……あれ？　本当にくらくらしてきたぞ。

「佐知、お前元々そんなに長風呂《ながぶろ》じゃねえだろ。そろそろ限界なんじゃねえのか？」

「そっちこそ。無理しないで素直に負けを認めろよ」

互《たが》いに、不敵な笑みを浮かべて相手にプレッシャーを与《あた》える。正直辛《つら》いが、ここまで来たら意地だ。だが、賢吾のほうにはまだ余裕《よゆう》があって、内心焦《あせ》りを感じてくる。

「なあ、別に馬鹿《ばか》にしたりなんかしないから、もう諦《あきら》めたら？」

「いや、俺は元々長風呂だからな。まだまだ余裕だ」

「そんな、やせ我慢しなくても」

「それはお前だろう？　顔が真っ赤だぞ？」

「おれは、ぜんぜんっ、ぜん、ぜん……へい、き……」

あれ？　おかしいな。頭がぼうっとしてきた。

「おい、佐知！」

体が勝手に傾《かし》いで、賢吾の声が遠くなっていく。ぶくぶくと水音が聞こえて——

「この、馬鹿っ！」

力強い手に引っ張られて、ざばりと湯の中から引き上げられる。どうやら、抱《だ》き上げられたらしい。そのまま賢吾がどたどたと風呂場を飛び出す音がしたが、目が開けられない。ふわふわと体が揺《ゆ》れて、まるで空を飛んでいるみたいだ。

「わ、若⁉」

「一体どうし——佐知さん⁉」

「全員目ぇ瞑れ！　見たら殺すっ！」

「は、はい‼」

賢吾がものすごい剣幕《けんまく》で怒鳴《どな》っている声が聞こえる。その間もどたどたと賢吾の足音は響《ひび》き続けて、降ろせと言いたいのに言葉にならない。

「佐知、佐知っ、大丈夫《だいじょうぶ》か⁉」

ふわっとした浮遊感《ふゆうかん》の後、背中に何かが当たる。どうやら布団《ふとん》に寝《ね》かせてくれたようだ。俺、体拭《ふ》いてない。布団がびちゃびちゃになったんじゃないのか、なんてどうでもいいことが気になった。

「ほら、水だ。とりあえず飲め」

唇《くちびる》にコップが当たる感触《かんしょく》がしたが、うまく水が入ってこない。賢吾の舌打ちが聞こえて、その後唇に温かいものが押しつけられた。

「ん、ぅ……」

口の中に水が流れ込んでくる。こくりと喉《のど》を鳴らせば、途端《とたん》に渇《かわ》きが襲《おそ》ってきて、もっとと自ら唇を差し出した。そうしたら、また水が与えられる。しばらくそれが繰《く》り返され、その後はただ、温かいものが唇に触《ふ》れる感触だけが続いた。

……ふふ、何だかすごくおかしい。

佐知はぼんやりとしたまま考える。

「何か、キスみたいだ。俺、キスなんかしたことないのに、変な夢見てるなあ」

「夢？」

だって、こんなの夢に決まっている。頭がふわふわして、うっとりと気持ちよくて、こんなの現実で味わったことなんか一度もないんだから。

夢なら……言っちゃってもいいのかな？……もっと、して欲しいなあ、って。

思考がまとまらない。頭の中にもやがかかったみたいで。今から寝るよ、と意識が途切《とぎ》れる狭間《はざま》の気持ちよさの中に漂《ただよ》い続けているような、そんな感じ。だからこれは、やっぱり夢だ。

唇に触れる感触が、心地《ここち》よくてうっとりする。こういうのがキスなんだとしたら、皆《みんな》がしたがるのも仕方がないなと思った。ただの粘膜《ねんまく》同士の接触《せっしょく》じゃないか、なんて冷めたことを考えていたけれど、こんなに気持ちがいいのなら、ずっとしていたいかも。

やだなあ、俺。童貞拗《どうていこじ》らせて、とうとうキスする夢まで見るようになったのか。

「そうだな……これは、夢だ」

だからそのまま、起きなくていい。夢の中の賢吾が囁《ささや》くような声で言うから、安心してふっと意識がまた遠のく。……そうか、やっぱり夢なんだ。

「あ……」

体に何かが滑《すべ》る感触。さっきまでとは違《ちが》う気持ちよさに、反射のように声が出る。聞こえた声は甘く濡《ぬ》れていて、まるで自分の声じゃないみたいだ。

温かい何かが体中に触れる。胸を滑って臍《へそ》をくすぐり、その後もっと下へと降りていくその感触に、佐知の腰《こし》が疼《うず》いた。甘く呼吸が乱れて、思わず腰を突き出す。そうして佐知の一番敏《びん》感《かん》なところが、ずるりと未知の感触に包まれた。

「あ、あ……」

ぬめるような感触に、腰が震《ふる》える。初めての快感に、脳が蕩《とろ》けていく。

「ん……っ、ぁっ、あ……っ」

思わず手を伸《の》ばしたら、くしゃりと指の間に髪《かみ》の毛が触れる感触がした。

「すごく、いい……」

吐息《といき》混じりに呟《つぶや》けば、快感がより強くなっていく。

「あ、ぁっ、きもち、いっ、も、だめ……」

そうしてあっという間に高みに押し上げられると、そこでぱたりと意識が途絶《とだ》えた。

「味見ぐらいは、許せ」

最後の瞬間《しゅんかん》、夢の中の賢吾が何か呟いた気がした。

「いいか、史、静かに、静かにな？」

「うん」

しー、と指を唇に当てると、神妙《しんみよう》な顔で史も真似《まね》をする。そうして二人は抜《ぬ》き足差し足で廊《ろう》下《か》を進み、ある部屋の前で足を止めた。

「いいか。これから作戦を開始する。まずは俺がお手本を見せるから、史隊員はその後に続くように」

「はい！」

元気に返事をする史に、しーっ！と訴《うった》える。史が慌《あわ》てて口を手で塞《ふさ》ぐのを確認《かくにん》して、二人は一度目配せして頷《うなず》き合ってから、そっと襖《ふすま》を開けた。

そこは、賢吾の寝室《しんしつ》だ。少し見覚えがある気がして戸惑《とまど》う。賢吾の寝室になんか、一度も入ったことがないはずなのに何故《なぜ》だ。

だが、部屋の中央に敷《し》かれた布団で賢吾が眠《ねむ》っているのを見つけると、これからのお楽しみでそんなことはどうでもよくなって、佐知はうししと笑って史に宣言をした。

「対象を発見、突撃《とつげき》！」

だだだっと部屋の中に走り込んで、賢吾に向かってダイブ！

「とう！」

「ぐわっ！　誰《だれ》だっ、てめえぶっこ……佐知⁉」

寝ていたところを突然起こされて、何やってんだと怒鳴る賢吾にお構いなしで、賢吾の上で両手と両足をじたばたとさせる。

「ねーっ、パパーッ、遊園地行きたい！　遊園地いーきーたーいー！」

ここまでくればもうお分かりだろう。曰《いわ》く、駄々《だだ》、というやつだ。

仕事が一段落したので、史坊《ぼう》ちゃんをどこかへ連れていって差し上げてはどうですか？　賢吾のスケジュールを管理する伊勢崎からそうゴーサインが出ているので、遠慮《えんりょ》なく駄々が捏《こ》ねられる。ちなみに、佐知も今日は休みだ。

「ゆ、遊園地？」

寝ぼけ顔の賢吾が、佐知の奇行《きこう》に戸惑ったような反応を見せる。この男、人のことを頭がおかしくなったとか思っているな。失礼なやつだ。

「佐知……？」

布団の中から出てきた賢吾の腕《うで》が佐知を捕《つか》まえる前に、ひょいと起き上がって振《ふ》り返る。

「次！　史隊員、ゴーッ！」

「はい！」

佐知の掛《か》け声と同時に史がぴょんとダイブしたが、体重が軽い分佐知ほどのダメージを与えることはできず、ぽすんと軽い音と共に賢吾に受け止められ、佐知は小さくちっと舌打ちをした。

「史！　もっとパパが呻《うめ》くぐらい、思い切り飛び跳《は》ねて！」

言いながら、自らもまた「とう！」と賢吾にダイブする。

少しずつ賢吾と史の距離《きょり》は縮まってきているが、親子というにはほど遠い。まだ五歳の史には、もっと子供らしくいてもらいたいから、佐知自ら駄々の捏ね方をレクチャーしているのだ。

楽しんでなんかいない。あくまでも史のためだ。日頃《ひごろ》の恨《うら》みを晴らしてなんかいない。

「このっ、わんぱく共がっ」

「うわっ！」

二人まとめて、布団ごと賢吾の腕に捕まった。そのままぎゅうぎゅうと抱《だ》きしめられ、佐知は大げさにぎゃあと声を上げて騒《さわ》ぐ。つられた史が笑ったところで、賢吾がようやく二人を解放してくれた。

「遊園地、行くか」

起き上がった賢吾がそう言って史の頭を撫《な》でると、史の顔にぱっと喜色が広がる。

「伊勢崎に準備を頼《たの》んできたら、連れてってやる」

「はい！」

大きな返事と共に、史が部屋を飛び出していく。背中を微笑《ほほえ》ましく見送っていた佐知は、刺《さ》さるような視線を感じて振り返った。

「何だよ？」

「お前、昨日のことは……」

「昨日？」

昨日、何かあったかな？　あれ？　そう言えば俺、いつ頃寝たんだろう？

「いや、覚えてねえならいいんだ。むしろずっと忘れてろ」

「はあ？　何だそれ。そう言われると意地でも思い出したくなるんだけど」

昨日……確か、三人で風呂《ふろ》に入る羽目になって、我慢比《がまんくら》べをすることになって……

「あ、もしかして俺、倒《たお》れたのか？　それでそのまま朝まで寝ちゃった？」

朝目が覚めたら、史と一緒《いっしょ》に布団《ふとん》の中にいたから何の違和感《いわかん》もなかったが、そう言えば自分で布団に入った記憶《きおく》がない。

「……ああ。あれだ、そりゃあもう白目剥《む》いてみっともない顔晒《さら》して倒れてたから、忘れてるほうが幸せだと思ったんだがな」

「白目⁉」

裸《はだか》で風呂場で倒れただけでもみっともないのに、白目だなんてひどすぎる。しかもそんな姿をよりによって賢吾に見られていたなんて。

「忘れろ！　今すぐ脳内から昨日の俺を消去しろ！」

「……それは、ちょっと無理だな」

詰《つ》め寄ると、ふいっと賢吾に視線を逸《そ》らされた。何て嫌《いや》なやつだ。武士の情けというものを知らないのか。

「さちーっ！」

小さな子供でも一人で乗れる幼児用の小さな汽車に乗った史が、こちらに向かって手を振っている。何だあれ、天使か。

賢吾が連れてきてくれたのは、小さな子供向けの乗り物やアトラクションが多く、動物と触《ふ》れ合える場所もある遊園地で、ここに着いてからというもの、休憩《きゅうけい》する暇《ひま》もないぐらいに史ははしゃぎ回っている。

今日の史の上着は、迷子になっても見つけやすいように黄色の蜂蜜《はちみつ》好きくまさん仕様だが、天使のように可愛《かわい》い。そんな史に笑顔《えがお》で手を振り返しながら、佐知はしみじみと言った。

「お前、ほんとこういうところが似合わないな。何なの？　ヒットマンなの？　何でいちいち周りを威嚇《いかく》して歩くの？」

あの史の周囲を浄化《じょうか》しそうな可愛さを見習え。隣《となり》でそんな顔をされていたら、こっちの気分まで悪くなりそうだ。

さっきから賢吾は、すれ違《ちが》う男すれ違う男、皆《みな》にガンを飛ばしている気がする。TPOに合わせたらしく、今日はいつものスーツ姿ではなく、ジャケットとVネックのシャツにパンツを合わせたラフな服装だが、目つきのせいで台無しだ。

すれ違う女達がちらちらと視線を送るのにも目もくれず、ひたすら男にばかりガンを飛ばしている姿に、佐知は大きくため息を吐《は》く。

この男ときたら、昔からそうだ。人の多いところで隣を歩くたびにこうだった。盗《ぬす》んだバイクで走り出す十代じゃあるまいし、いい年した大人が何をやってるんだと説教すると、何故か説教された側の賢吾のほうが呆《あき》れたようなため息を吐いてくる。

「俺だって好きでやってるんじゃねえよ。大体、お前のその恰好《かっこう》は何だよ」

「恰好って……別に普通《ふつう》だろう？」

Vネックのセーターにジーンズ。取り立てて派手でもなく、そうダサくもない、至って普通の恰好だと思う。

「胸元《むなもと》が開き過ぎだろうが」

「いや、お前も大差ない恰好してるだろ。くだらないケチつけてくるなよ」

お前は孫娘《まごむすめ》の心配をするおじいちゃんか。

「お前はほんとに何にも分かっちゃいねえな。そろそろ俺に感謝したほうがいいぞ？　俺がいなけりゃ今頃《いまごろ》どうなってたことか」

「何で俺がお前に感謝なんかしなくちゃいけないんだよ。やだよ、理由もないのに」

今の会話のどこに、感謝する要素があったのか。

「ま、期待しちゃいねえけどな。……それより、お前とこういうとこ来るのは久しぶりだな」

「まるで仲良く二人で来たことがあるみたいな言い方するな。小学校の遠足だろうが」

遊園地に来たのは、それが最初で最後だ。父親は休みの日はぐうたら寝《ね》ているタイプだったし、母親は生まれつき体が弱かったので、自分から強請《ねだ》ることもなかった。そして思春期以降も、遊園地なんてところとはほとんど縁《えん》のない人生を送っている。そりゃそうだ。遊園地と言えば何だ。カップルのデートスポットだ。これまで彼女の一人もできたことのない佐知には、まったく縁のない場所だ。けっ。

「覚えてるか？　あの時お前、お化け屋敷《やしき》でべそかいて、俺の腕に抱きついて離《はな》れなかったよな?」

「嫌なこと思い出すなよ。あれはお前が入る前に、ここのお化け屋敷には本当にお化けがいる、なんて言ったからだろう?」

こうして二人共通の思い出を思い出すたびに、ろくな目に遭《あ》っていないと痛感する。あの時も、最終的には喧嘩《けんか》になったのだ。お化け屋敷を出る直前に、賢吾がわっと声を上げて佐知を驚《おどろ》かせたから。とっさに賢吾に抱きついてしまった佐知は、その後遠足が終わるまで、一言も賢吾と口を利《き》かなかった。

「久しぶりに入るか?」

「絶対嫌だ!」

「怖《こわ》いのか?」

「べ、別に怖くなんかないぞ! ただ、史が怖がったら可哀想《かわいそう》だから、そんなとこには入らないだけだ! ほんとだからな!」

「はいはい。史が、怖いからねえ」

史が、とやたらに強調されても、この挑発《ちょうはつ》には乗らない。いや、乗れない。口が裂《さ》けても賢吾には言わないが幽霊《ゆうれい》は怖い。医者のくせにと言われることもあるが、いくら医者が人の生死に関《かか》わる仕事だと言っても、そちらのほうは専門外だ。これからも関わるつもりは毛頭ない。

「あ、ほ、ほらっ、史が戻《もど》ってきたぞ!」

汽車を降りた史が、笑顔でこちらに駆《か》け寄ってくる。その体を抱き止めて、これ幸いとばかりに史に話しかけた。

「史、いっぱい乗り物に乗って疲《つか》れただろう？　疲れたよな？　よし、お弁当を食べよう！　そうしよう！」

史の返事も聞かずに決めつけて、ほらあっちだ、と史の手を取って歩き出す。もちろん、お化け屋敷とは反対方向へ。

だが、それを許す賢吾ではなかった。

「なあ史、お化け屋敷行かねえか？」

「……おばけやしき？」

史の足がぴたりと止まる。まさかの食いつきっぷりに、佐知は背中に冷や汗《あせ》を垂らした。そんな馬鹿《ばか》な。子供は大抵《たいてい》お化けの類《たぐい》が苦手なはずじゃないのか。

「おばけやしき、おばけいる？」

「おう。いっぱいいるぞ」

「いく！　ぼく、おばけやしきいく！」

「えええええ!?」

何故《なぜ》だ。反応がおかしすぎるだろう。お化けと聞いたら怖さのあまりに泣き出すのが、正しい子供の反応というものではないのか。

「史!?　お化け屋敷だぞ!?　お化けいっぱいで怖いぞ!?」

「……ぼく、おばけこわくないよ？　おばけにあいたい」

「そうか、史。さすが男だな。どっかの誰《だれ》かとはえらい違いだ」

ちらりと賢吾に視線を向けられ、ぐっと言葉に詰まる。ここで俺は入らないなんて言ったら、ずっと馬鹿にされるに違いない。それに、史の手前もある。史にヘタレだなんて思われるのは嫌だ。

「お、俺は別に、史がどうしても行きたいって言うなら、行ってもっ、別に、構わないんだけどなっ」

「ほう。史、どうする？」

「いく！」

「じゃあ、決まりだな」

「わーい！」

「……わーい」

足取り軽くお化け屋敷のほうへ向かう史の後ろを、とぼとぼとついていく。嫌だなあ、怖いなあ。言えない言葉が頭の中でぐるぐる回っていた。

お化け屋敷の前まで来ると、おどろおどろしい絵が描《か》かれた看板に出迎《でむか》えを受ける。入り口のところで、カップルが「やだ、こわーい」「俺がついてるから大丈夫《だいじょうぶ》だって」などと乳繰《ちちく》り合っていて、殺意が芽生えた。何でお前がついていたら大丈夫なんだ。その自信はどこから来ているのか。陰陽師《おんみょうじ》的なご職業の方ですか？

余計なことなどしてくれなくていいのに、より怖さを煽《あお》るためにか、スピーカーから中の悲鳴が聞こえてきて、佐知は頰《ほお》を引きつらせる。皆、結構な悲鳴を上げてるじゃないか。もうやだ、怖い。

「ほら、史、ふ、史が入るようなところじゃ——」

「さち、いこう！」

「つべこべ言わねえで、さっさと入れよ、佐知」

やたらはりきった二人に先導され、おそるおそるお化け屋敷へと入場する。

唯一《ゆいいつ》佐知にとって幸運だったのは、このお化け屋敷が古いタイプのお化け屋敷で、人間が中に入って脅《おど》かしてくる本気度の高いタイプのものとは違うということだ。こんな暗がりで追いかけまくられたら、恐怖《きょうふ》で死ねる。

「ふ、史、手ぇ繫《つな》いであげようか？」

「ううん、ぼくだいじょうぶ」

何故怖がらないんだ、史。お前が怖がってさえくれたら、今すぐやめようと言えるのに。

仕方なしに歩き出すが、途端《とたん》にばしんと物音がして、思わずさっと賢吾の後ろに隠《かく》れる。もしもの時は、こいつを犠牲《ぎせい》にして逃《に》げよう。

大した物音ではないはずなのに、場所が暗がりに変わるだけでこんなにも怖くなるのは何故だろうか。演出なのか、じめじめとした空気が余計に不安を煽る。大人になった今なら、昔ほどには怖くないいんじゃないかと少しだけ期待したが、やはり怖いものは怖かった。

こういう時、賢吾の背中は妙《みょう》に安心する。この背中に守られてさえいれば、大丈夫。

――すると突然《とつぜん》、賢吾がたたたと走り出した。

「賢吾⁉」

盾《たて》がいなくなったことに焦《あせ》って大声で賢吾を呼ぶと、笑いながらすぐに戻ってくる。からかわれたと分かって、佐知はすぐそばまで来た賢吾の背中をぱしりと叩《たた》いた。子供みたいなことしやがって。昔一緒《いっしょ》に入った時も、同じようなことをされたことを思い出す。

「お前……っ、はぐれるなよっ」

「分かった分かった。ほら、手ぇ繋いでやるから」

さっき史に提案して却下《きゃっか》されたセリフを、今度は自分が言われる立場になる。通常ならもちろんノーだが、今は非常事態だ。背に腹は代えられない。

「べ、別に俺は平気だけどっ、お前が言うなら繋いでやっても……ひぃっ！」

話している最中にがしゃんとガラスが割れるような音が響《ひび》いて、とっさに賢吾に抱《だ》きついた。

「な、何の音⁉　なあ今の何の音⁉」

「おいっ、お前、苦しいっ」

こうなったらもう体裁《ていさい》を取り繕《つくろ》っている余裕《よゆう》もない。賢吾の脇《わき》に入り込んでぎゅっと抱きついたまま歩き出すと、賢吾は喉元《のどもと》でくくと笑いながら、佐知の肩《かた》に腕《うで》を回した。

「史、ちゃんとついてきてるか？」

賢吾の問いかけに、暗闇《くらやみ》から「うん！」という史の声が聞こえる。お化け屋敷の中はほぼ真っ暗だ。井戸《いど》の中や牢屋《ろうや》の中からお化けが出てくる時だけ、その辺りが明るくなるが、あんな

ものは明かりなんて言わない。むしろ明るくなんてなってくれなければ、気づかず通り過ぎられるのに。

「け、賢吾？　あそこっ、あそこ何か怪《あや》しくないか⁉　やめよう、あっちに近づくのはやめよう⁉」

「馬鹿、出口は一つしかねえんだから、行くしかねえだろうが。……あー、懐《なつ》かしいな、この感じ。俺ずっとここにいようかな」

「なな、何言ってるんだっ、お前頭おかしいのか⁉」

こんなところにずっといたいなんて正気ではない。そんなに人が怯《おび》えているのが楽しいのか。性根《しょうね》の腐《くさ》った男だ。

文句を言おうとしたタイミングでひゅうぅっと生暖かい風が吹《ふ》いて、思わずひっと息が止まる。ここはお化け屋敷《やしき》であって、全部ただの作り物なんだ。そう自分に言い聞かせても、怖くて後ろが振《ふ》り返れない。こういうところには本物のお化けが集まりやすいって、よく言うじゃないか。

「賢吾、早く歩けよ！」

「言われなくても歩いてるだろうが」

「遅《おそ》いんだよお前！　もっときびきびある——」

「分かった」

賢吾が佐知の体を振り払《はら》って早足で歩き出す。

「わあっ、うそうそ！　待って、嘘《うそ》だから！」

慌《あわ》てて賢吾を追いかけ、必死に抱きつく。今賢吾を離《はな》す訳にはいかない。絶対にだ。抱きつくというより最早《もはや》巻きつく勢いで、賢吾にひっついたまま進む。

「ぱぱ、もうおわり？」

前を歩いているらしい史の言葉に顔を上げると、視線の先にあるカーテンの向こうから外の光が漏《も》れているのが見えて、佐知は心底ほっとした。地獄《じごく》で仏に会ったような気分だ。やっとこの地獄から解放される。そうして体の力を抜《ぬ》きかけた時、佐知の肩に回った賢吾の腕に、きゅっと力が入った。

「もう終わりか。名残惜《なごりお》しいな」

「こんなとこが楽しいなんて、お前はほんとにどうかしてる」

名残惜しさどころか、一刻も早く逃げ出したい気持ちしかない。はやる気持ちを抑《おさ》え、平静を装《よそお》ってカーテンをくぐる。散々騒《さわ》いだから今更《いまさら》だが、明るいところではせめて取り繕っていたかった。

「は、はは、別にどうってことなかったなっ」

外の明るさに元気を取り戻《もど》して笑うと、賢吾がくくっと喉元で笑う。

「その状態で言われても、微塵《みじん》も説得力がねえな」

言われて、自分が賢吾に巻きついたままであるのを思い出し、慌てて突《つ》き飛ばした。さっきまではそれどころではなかったが、冷静に思い返してみれば羞恥《しゅうち》で死ねる。

「いやあ、可愛《かわい》かったな。賢吾、賢吾って必死に俺の名前呼んで抱きついてきて」

「うるさい！　それ以上言ったら――」

「……まま、いなかった」

賢吾の胸倉《むなぐら》を摑《つか》みかけたところで、不意に史の独り言が耳に届いて動きを止めた。

今、何て言った？　ママがいなかった？

「もしかして……史、ここにママがいると思ったのか？」

佐知の問いに、史がこくりと頷《うなず》く。

「だって、しんだらおばけになるって、ごほんにかいてあったよ？」

「…………」

賢吾と顔を見合わせてから、佐知は腰《こし》を落として史と視線を合わせる。史は本当にそう思っていたようで、不思議そうな顔をしていた。

「史……お化け屋敷に、ママはいないんだ」

「おばけなのに、おばけやしきにいないの？　じゃあどこにいけばあえる？」

ぐっと言葉に詰《つ》まる。母親に会いたいのは当たり前のことだ。史にどう伝えれば、悲しませずに済むだろうか。

言葉が出てこない佐知の代わりに、賢吾が口を開いた。

「お化けになるのは、悪いことをしたやつだけだ。そうじゃないやつは天国に行くんだ」

「てんごく？」

「そうだ。そこから見守ってくれる。だから史、ママに会えないのはいいことなんだぞ。ママが天国で史を見守ってくれてるってことだからな」

「……そっか」

あっさり納得《なっとく》してくれたのは、子供ゆえの素直《すなお》さなのか、それとも諦《あきら》めだったのか分からない。それでも、寂《さみ》しそうに下を向いた史の表情に、胸を掻《か》き毟《むし》られるような思いがした。

どんなに明るく振《ふ》る舞《ま》っていても、史の心の真ん中にはいつも史の母親がいる。それは当たり前のことで、忘れろなんて言うことは間違《まちが》っている。だが、本来ならお化け屋敷など怖《こわ》がりそうな史が、どうしてあんなにお化け屋敷に入りたがったのか分かって、その健気《けなげ》な気持ちに心を打たれた。同時に、何もしてやれない自分が歯痒《はがゆ》くなる。

会わせてやれるものなら会わせてやりたいが、これぱっかりは無理だ。せめて暗くなってしまった空気を吹き飛ばそうと、佐知はぱんと手を叩いた。

「よし！　いっぱい騒いでお腹空《なかす》いたし、お弁当食べよう！」

「まあ、騒いだのはお前だけだけどな」

いちいちうるさい賢吾の言葉を無視して、史に手を差し伸《の》べる。

「ほら、史行こう！」

母親の代わりにはなってやれない。それは替《か》えがきくようなものではないから。けれど、せめてお前には俺達もいるんだぞと伝わればいいなと思う。そういう人が、これから史の周りにたくさん増えてくれれば嬉《うれ》しい。

精一杯《せいいっぱい》の笑顔《えがお》を向けると、史はつられたように笑って、佐知の手を取った。

「ぼくもおなかすいた！」

反対側の手を賢吾が取って、三人並んで一緒に歩き出す。歩いている途中《とちゅう》でハトを見つけて、手をぶらぶらさせながら「ぽっぽっぽー、はーとぽっぽー」と歌い、歌の最後で佐知と賢吾が史を持ち上げると、史は足をぷらんとさせてきゃっきゃっと笑う。そんなことを繰《く》り返しながら歩いていると、開けた場所に出た。

「この辺なんかいいんじゃないか？　よし、シートだ。シートを敷《し》こう」

見つけたのは、お弁当広場と書かれた広い芝生《しばふ》だった。昼時を過ぎていたからか今は人もまばらで、これなら賢吾がそこかしこに喧嘩《けんか》を売る心配もないだろう。

史と一緒《いっしょ》にばさりとレジャーシートを敷くと、賢吾が持っていた荷物を下ろした。伊勢崎に渡《わた》されたもので、中には三人分の弁当とお茶、割り箸《ばし》と子供用のフォークにコップ、お手拭《てふ》きにみたらし団子まで入っており、佐知の好物をおやつに入れてくる辺り、さすが伊勢崎、と感心する。

「はい、じゃあお弁当を開けまーす」

じゃーん、という自前の効果音と共に、ランチボックスの蓋《ふた》を開けた。中には唐揚《からあ》げと卵焼きとウインナーなどのおかず類と、某《ぼう》リラックスしたくまさん風にデコレーションした稲荷寿《いなりず》司《し》が入っている。実はこれは、佐知と史が二人で、賢吾を起こす前に作っておいたものだ。

「こりゃまたすげえな」

「すごいだろう。作り方調べて二人で作ったんだぞ、な？」

史がうんと頷いて、稲荷寿司を指差す。

「これ、ぼくがつくったの！　おすしつめて、めのところはすとろーつかって……」

一生懸命《いっしょうけんめい》作り方を説明する史に、賢吾はほうと感心した風に頷いてやってから、よくやったと頭を撫《な》でた。

「料理ができるなんて、史はすげえな」

「ぼくね、たまごもまぜたよ？」

「ウインナーも切ったんだよなー？」

「うん！」

伊勢崎が子供包丁を買ってきてくれたので試《ため》しにやらせてみたのだが、史はなかなか手先が器用で、一度説明しただけできちんとウインナーをたこになるように切ってくれた。こんなに手先が器用なら、ピアノか何か習わせてもいいかもしれない。うちの子はきっと才能がある、などと考える。気分は親馬鹿《おやばか》だ。

「よし、じゃあウインナーから食うか」

賢吾が、箸《はし》で摘《つ》まんだウインナーを口に入れる。もぐもぐと咀嚼《そしやく》する姿をじっと見守っていた史は、賢吾が美味《うま》いと言った途端《とたん》にぱっと顔を綻《ほころ》ばせた。

「ほら、史も自分で作ったたこさん食ってみろ」

もう一度箸でウインナーを摘まんで、賢吾が史の口元へと持っていく。史は素直に口を開けてそれを食べて、照れ臭《くさ》そうに笑った。

「おいしいねえ」

ほっぺを押さえて自画自賛する史の可愛さと言ったら。思わずジーンズのポケットからスマホを取り出して、無言でシャッターを切った。後で待ち受け画面に設定しよう。

「おい。それ、後で俺にも送れ」

「一枚一万円な」

「お前、やくざからぼったくるつもりかよ」

「嫌《いや》ならいいんだよ、俺は別に」

「分かった。じゃあ、一枚一万円で買ってやるからちょっと貸せ」

「あ、おい！　俺のスマホ！」

「史！　佐知が一緒に写真撮《と》ろうってよ」

「うん！　いいよ！」

賢吾の言葉に寄ってきた史が、ちょこんと佐知の膝《ひざ》の上に座る。

「いや、何で俺だよ。どうせなら、お前と撮ったほうが史だって――」

「ねえ、さんにんは？　さんにんいっしょはだめ？」

「お、そうだな。せっかくだからそうするか」

史の言葉に、いそいそと賢吾が佐知の隣《となり》に陣取《じんど》って、自撮り機能に切り替えてスマホを頭上に掲《かか》げた。やけにカメラ機能を使いこなしてやがる。お前は女子高生か。

「いや、だから俺の話を聞けって。俺がちゃんと二人を撮ってやるから――」

「ほら、撮るぞ」

パシャ。

「あ、何勝手に撮ってんだよ！　俺今手ぇ伸ばしてたから、顔写ってないし！」

「よし、じゃあもう一回」

パシャ。

「今目ぇ瞑《つぶ》った！　勝手に撮るから変な顔してた！」

「面倒臭《めんどうくせ》えなあ。じゃあもう連写にしようぜ」

「あ、馬鹿！　いいから返せって言って――」

パシャパシャパシャパシャパシャ。

二人でスマホを取り合っていたら、連写の音が響《ひび》いて、その後画面に映った写真を見た二人は、ぶっと吹《ふ》き出した。

「ぷ、ははは、何だよこれ！　賢吾見切れてるしっ！」

「いや、お前なんかこれっ、白目剥《む》いてんぞ……っ」

「ひ、ひぃ……っ、だ、駄目《だめ》だっ、ははっ」

映っていた写真のひどさがツボにハマり、二人はスマホをレジャーシートに放り出して、腹を抱《かか》えて笑い出す。それを見た史がスマホを拾い上げた。

「ぼく、とりかたしってるよ？」

パシャ。

涙《なみだ》を流して笑っていた二人は、史に写真を撮られたことにも気づかず、ひいひいとしばらく笑い続けた。


「お前、ほんと何なの？」

腹ごしらえを終えた三人は今、うさぎに触《さわ》りたいという史の希望で触《ふ》れ合い動物園にいた。

「何なのと言われても、俺は別に何もしてねえぞ？」

コンクリート製の低いベンチに座る賢吾の足元には、うさぎが群れをなしている。対する佐知と史の前には、一匹《ぴき》もうさぎがいない。謎《なぞ》の敗北感に襲《おそ》われ、佐知は持っていた人参《にんじん》をぎゅっと握《にぎ》りしめた。

どうして人参すら持っていない賢吾なんかに、うさぎが寄っていくのか。動物界で言うなればば、そいつは明らかに捕食《ほしょく》する側だぞとうさぎに訴《うった》えたい。お前らの危機管理能力はその程度か。

「……メスばっかり」

飼育係のお姉さんの呟《つぶや》きに、佐知はちっと舌打ちをする。

「ハーレムですか、そうですか。うさぎまで誑《たぶら》かすとか、怖い怖い」

賢吾のフェロモンは、人間はおろかうさぎにまで有効らしい。背後の柵《さく》の中にいるアルパカでさえ落ち着きをなくしているから、もしかしたら動物全体にまで被害《ひがい》は拡大するかもしれない。恐るべし、賢吾フェロモン。

「僻《ひが》むなよ。ほら、一匹ずつ抱《だ》かせてもらえ」

足元のうさぎをひょいと持ち上げた賢吾が、史と佐知の膝の上に一匹ずつ乗せてくれた。賢吾から施《ほどこ》しを受けたようで面白《おもしろ》くなかったが、膝の上でふこふこと鼻を動かすうさぎの可愛《かわい》らしさに、すぐに夢中になる。

「うさぎさん、にんじんさんどうぞ」

隣ではうさぎに人参を食べさせた史が、同じくうさぎに夢中になっていて、二人は目をきらきらさせながら、うさぎの餌《えさ》やりを楽しんだ。

何でこんなにもふもふしているんだ、うさぎってやつは。あまりの触り心地《ごこち》のよさに、もふる手が止まらない。

「かあわいいねえ」

「ほんと、可愛いなあ」

史と二人、そうっとうさぎを抱きかかえてうっとり呟くと、正面でそれを眺《なが》めていた賢吾が、手のひらで顔を押さえて呻《うめ》いた。

「可愛いのは、お前らだろ……っ」

「え？　何か言ったか？」

「いや、別に何でもねえよ。存分にもふれ。俺が許す」

「お前の許しなんか必要ないんですけど」

お前は何様だ。ベーっと賢吾に舌を出しながらうさぎをもふもふと撫でていると、佐知の足元に一匹のうさぎが寄ってきた。お、何だこのうさぎ、他《ほか》のうさぎと違《ちが》って人を見る目があるんだな、などと思いながら、持っていた人参を差し出そうとした佐知だったが、うさぎは人参には目もくれず、尻尾《しっぽ》を上げてぶうぶうと鳴きながら、佐知の周りをうろうろし始める。

「ん？　どうしたんだお前、お腹空《なかす》いてないのか？」

「あ！　こら、駄目でしょっ！」

佐知が首を傾《かし》げたのと同時ぐらいに、飼育係のお姉さんが慌《あわ》てて飛んでくる。だがお姉さんがそのうさぎを捕《つか》まえるより先に、うさぎはぴょんと佐知の足に飛びついてきた。

「うわっ、え？　何だよ急に、どうし……ええええええ!?」

佐知が驚《おどろ》いている間に、何とうさぎが腰《こし》を振《ふ》り始める。

「あれ、うさぎさん、どうしたのかなあ？」

史の問いに、とっさに返す言葉が出てこない。……これはあれか。あれなのか。正直居たたまれない。

「すすす、すいませんっ、この子、いつもは絶対こんなことしないんですけどっ！　こらっ、ラビ離《はな》れなさいっ！」

飼育係のお姉さんが引き離そうとするが、うさぎは頑《かたく》なに佐知の足に縋《すが》りついて離れない。

「え、えっと……動物の、することですし――」

どうやらこいつはオスらしい。男なのにオスに盛《さか》られていることに一抹《いちまつ》の情けなさを残しつつも、焦《あせ》るお姉さんを安心させようと口を開いたが、目の前の男がそれを遮《さえぎ》った。

「てめえ、うさぎだからって何しても許されると思ってんじゃねえぞ」

立ち上がった賢吾の背後にごごっと般若《はんにゃ》が浮《う》かんだ気がして、思わず手の甲《こう》で目を擦《こす》っている間に、足に縋りついているうさぎをむんずと摑《つか》んだ賢吾が、自分の目の高さまで持ってきたうさぎ相手に凄《すご》みをきかせる。

「皮《は》剝いで食っちまうぞ」

うさぎがそれにぶうぶうと鳴く。まるで文句を言っているかのようだ。

「てめえ……いい度胸じゃねえか」

え？　会話が成立してるんですか？　傍目《はため》で見ていると、人間とうさぎが対等に喧嘩《けんか》しているように見えてしまって、佐知は思わずぶはっと吹き出した。

「お、お前っ、うさぎ相手に何やって……っ」

「うるせえ。てめえこそ、気安く盛られてんじゃねえよ。舐《な》められてんじゃねえのか？」

ぽいっとうさぎを放した賢吾にふんと鼻を鳴らされ、そこまで言わなくてもいいだろうとかちんとくる。うさぎでハーレムを作っているようなやつに、えらそうに言われたくない。

その喧嘩買ったとばかりに試合開始のゴングが鳴り響きそうになった矢先、史の不思議そうな声がその空気をぶち破る。

「さかられるってなぁに？」

「……おい、お前が説明しろよ、父親だろう？」

「盛るってのは、やりたくてたまんな——」

「ストーップ‼　そこから先は十八禁だ！」

「まだ何も言ってねえだろうが！」

「いや、何かお前が説明したら成人指定でピー音入れないといけなくなりそうな気がした」

「お前は俺を何だと思ってやがんだ」

「歩く猥褻物《わいせつ》？」

「だったら何で俺に説明させようとしたんだろうな⁉」

「俺の口からは恥《は》ずかしくて言えないからに決まってるだろうが！」

童貞《どうてい》の俺に性教育なんかハードル高いんだよ！　分かれよそこは！

医者として色々勉強はしていても、頭でっかちで実技経験のない佐知には、さらりと説明できる自信がない。

賢吾とやいやい喧嘩をしていると、それを見ていた飼育係のお姉さんが、史に向かってにっこり笑って言った。

「盛るっていうのはね、発情期とも言って、もうすぐ家族が増える時期が来るよっていう合図なんだよ？　今はね、一緒《いっしょ》に家族を増やす相手を探しているところなの」

「そうなの？　うさぎさん、かぞくがふえるの？　すごいねえ！」

お姉さんナイス。さすが毎日ここを訪《おとず》れる子供達の相手をしているだけある。生々しい説明ばかりが頭の中に浮かんでいた童貞としては、拍手喝《はくしゅかっ》さいを贈《おく》りたい。

お姉さんの見事なフォローに、佐知と賢吾は心の底から感謝した。


次に向かったのはデパートだった。史の身の回りのものは伊勢崎が用意してくれていたが、着替《きが》えがもう少しあったほうがいいということで、子供服売り場に向かう。

「これ、可愛くないか？」

マネキンに着せられていたうさぎの耳がついたパーカーを指差したが、史はふるふると首を振って、違うマネキンを指差した。

「ぼく、これがいい」

子供服にしてはシックなデザインのジャケットとチノパンを着せられたマネキンは、今日の誰《だれ》かさんの恰好《かっこう》によく似ている。その誰かさんの脇《わき》を肘《ひじ》で突《つ》いて、佐知はくくっと笑った。

「パパになりたいんだってさ」

「よし、買ってやる。あるだけ全部買ってやる」

「お前はどこの石油王だよ。同じのばっかりいらないって」

ついでにパジャマや下着も購入《こうにゅう》し、すぐ近くにあったおもちゃ売り場にも立ち寄る。これだけ買えば十分かな。そう思った頃《ころ》、メンズブランドの店舗《てんぽ》の前で賢吾が足を止めた。

「おい、ここ入るぞ」

佐知の返事も聞かず、つかつかと店の中に入っていく賢吾を、史と共に慌てて追いかける。

「何だよ、お前も服を買うのか？」

「違う。俺じゃねえよ、お前のだ」

「は？　俺？　別に俺、服なんか買う必要ないんだけど」

「……その今穿《は》いてるジーンズ、新しいのに替えろ」

「え？　ジーンズ？　何で？」

「あのうさぎにマーキングされてるみたいで気分が悪《わり》ぃ」

「……お前、あのうさぎに何の恨《うら》みがあるんだよ」

どうしてそんなに目の敵《かたき》にするのか。動物としての本能なんだから許してやれよ。……ていうか、やられたのは俺なんだから、賢吾は関係ないだろうに。

「むしろ恨みしかねえわ。いいからさっさと来い」

そうして、ほぼ無理矢理《むりやり》に店の奥に連れ込まれ、試着室へと押し込まれ、勝手に賢吾が選んできた服を着せられた。

賢吾が選んだのは、シンプルなYシャツに、少し大きめのニットとスキニーパンツを合わせたスタイルだ。この店のブランドは、どうやらユニセックスを売りにしているらしい。レディースと言われても何ら違和感《いわかん》のないデザインだが、もちろんメンズとして着ても問題ない。

「おい、何とか言えよ」

着せ替え人形扱《あつか》いにむすりとした顔で言えば、賢吾は口元を隠《かく》してぼそりと呟《つぶや》く。

「……この間テレビで見て、何が萌《も》え袖《そで》だと思っていたが、これはやべえな」

「燃え袖？　お前何言ってんの？」

「いや、気にするな。これで決まりだ。このまま着ていけ」

佐知の返事を聞きもしないで、賢吾が勝手に会計を済ませに行く。似合うとか似合わないとか、何か言うことがないのかと密《ひそ》かに拗《す》ねていたら、ちょこちょことそばに寄ってきた史が、佐知を見上げながら言った。

「さち、かわいいね」

「そう？」

「うん！　さち、てぇつなご？」

言われるままに手を繋《つな》ぐと、史が照れ臭《くさ》そうに笑う。

「ぼくね、さちだいすき。ぼくのはつじょうきはさちがいいな。さちとかぞくふやしたい」

「……ええっと、ありが、とう？」

史の中で、発情期に関する間違《まちが》った知識が植えつけられたみたいです。飼育係のお姉さん、どうしたらいいですか？

ははは、と乾《かわ》いた笑《え》みを浮かべながら、ちゃんとした性教育の必要性を痛感する。よし、今度伊勢崎に押しつけよう。

そうこうしている間に賢吾が会計を終わらせ、店員に入り口まで見送られ、ショップバッグを受け取って店を出た。

「……別に俺としては必要なかったけど、一応……ありがとうございマス」

「おう。俺の我儘《わがまま》みたいなもんだからな、気にするな。それより、ちょっと買い過ぎたな。持って歩くには邪魔《じゃま》だ。コインロッカーにでも預けて、後で誰かに取りにこさせるか」

そう言う賢吾の両手には、大量のショップバッグが握《にぎ》られている。荷物持ちなどしそうにない風体《ふうてい》のせいで、余計に目立ち、行き交《か》う人達が時折ぎょっとした視線を向けていた。

「ちょっと行ってくるから、ここで待ってろ」

立ち去りかけた賢吾が、何かを思いついたように振り返って、佐知に声をかけてくる。

「いいか。間違っても知らない男についてくんじゃねえぞ」

「ほんとお前ぶっ飛ばすよ？　子供扱いするな」

しかも、何で男限定なんだ。

しっしっと、行けとジェスチャーすると、賢吾は「誰とも目を合わせるなよ」と理不尽《りふじん》なことを真剣《しんけん》な顔で言い置いてから、ようやく足早に去っていった。あいつ、ほんとに俺のこと何だと思ってるんだろう。そんなに飴《あめ》をもらったらいそいそとついていきそうなタイプに見えるんだろうか。確かに飴は好きだけど。

「まったく……」

やっと行ったと佐知がため息を吐《つ》いていると、不意に後ろから声がかかる。

「佐知！」

振《ふ》り返ると、そこにいたのは幼馴染《おさななじ》みの一人、加藤一雄だった。以前、商店街で噂《うわさ》になっていた男だ。

「賢吾と一緒に歩いてるのが見えたから、追いかけてきたんだ。久しぶりだな」

「高校を卒業して以来だよな。……元気に、してるのか？」

ギャンブルにハマって鉄工所を潰《つぶ》したという話を思い出し、少しだけ言葉に詰《つ》まってしまった佐知に、一雄はからりとした顔で笑った。

「鉄工所を閉めたこと、お前も知ってるんだろう？　色々あったけど、今は何とかやってるよ。賢吾にも色々世話になったから礼をしなきゃいけないんだけど、まだ合わせる顔がなくて、さ。できたら、今日俺とここで会ったことは内緒《ないしょ》にしといてくれないか？　また、ちゃんと準備ができたら、あいつには礼をしにいくから」

「分かった。でも、あいつは別に礼なんか欲しがらないと思うけど」

「……いや、それじゃあ俺の気が済まないから」

そう言ってにっこり笑った一雄は、佐知の足元にひっついている史に視線を移した。

「この子、どこの子なんだ？」

「ああ、賢吾の子だよ」

「……へえ、そうなんだ。賢吾のやつ、結婚《けっこん》したのか？」

「いや、そういうんじゃないんだけど……まあ、色々あって」

「ふーん。賢吾の子供、か。……あいつ、とうとう諦《あきら》める気になった訳か？」

ひとりごちた一雄の視線が佐知に向いて、視線が合った佐知は首を傾《かし》げる。

「あ、いや、こっちの話。俺、この後用事があるからそろそろ行くわ。また、そのうちゆっくり酒でも飲もうぜ」

「一雄？」

そう言って、一雄は手を振りながら去っていった。商店街で噂を聞いた時は心配したが、ちゃんと前を向いて頑張《がんば》っているようで安心する。本当に、そのうちゆっくり話ができたらいいなと思いながら見送っていると、くいくいとつないだ手を史が引っ張ってこちらを見上げてくる。何だその可愛《かわい》い仕草は。俺を萌え殺す気か。

「おはなし、おわった？　ぼく、さちにおねがいがあるの」

「ん？　どうした？」

「ぼく、ぱぱにこれ、かってあげたいの」

史が指差したのは、スマホのカバーケースだった。無骨でそっけないデザインだが、金属製でどんな衝撃《しょうげき》からもスマホを守る、と説明書きに書かれている。

「ぱぱ、いつもすまほみてるの。だいじってことだよね？　だからこれ、ぱぱにかってあげたいの。ぼく、いっぱいおしごとする。あめもいらない。だから、これかってもいい？」

史は、これまで一度も我儘を言ったことがなかった。だからこれは、史の初めての我儘だ。けれど我儘と言うにはあまりにささやかで、叶《かな》える立場から言わせてもらえば物足りない。もっともっとすごい我儘でもよかったのに。だが、史らしいとも思った。

「いいよ。その代わり、いっぱい手伝ってもらうからな？」

「うん！」

そうと決まれば賢吾が戻《もど》ってくる前にと、店員に頼《たの》んでプレゼント包装をしてもらう。自分で選んだ青のリボンを巻いてもらった箱を受け取ると、史はそわそわと賢吾が戻ってくるのを待つ。しばらくして人混《ひとご》みの中から賢吾が戻ってくるのが見えると、史はここまで来るのが待ちきれないように、賢吾めがけて一目散に走っていった。

「ぱぱ、あのねっ、ぼくねっ、これっ、ぱぱのなの！」

ぱふんと足に抱《だ》きついた史を賢吾が片手でひょいと抱き上げると、史は頬《ほお》を紅潮させてプレゼントの箱を賢吾に渡《わた》す。

「ん？　俺にか？」

「そう！　ぼくがね、さちのところでおしごとしたから、それでさちにかってもらったの！」

「なるほど。そりゃあ大事にしなくちゃいけねえな」

賢吾がししと笑うと、史が嬉《うれ》しそうに賢吾の首に巻きついた。

微笑《ほほえ》ましい、と思う反面、急に自分だけが部外者のような気がして、胸がきゅうっと痛くなる。当たり前のことなのに、どうしてこんなに寂《さみ》しくなるのか。二人がいる場所が別の空間に思えて、近づきかけた足が止まった。

そうしたら、賢吾が不意にこちらを見て、佐知に声をかけてくる。

「おい、佐知。何ぼうっとしてんだ。混んできたから、そろそろ出るぞ」

史からもらったプレゼントをジャケットのポケットに仕舞《しま》った賢吾は、佐知が踏《ふ》み込めなかった分の距離《きょり》をあっという間に詰め、ごく当たり前の仕草で佐知の手を摑《つか》んだ。

「お、おいっ」

「迷子になりたくなけりゃ、我慢《がまん》しろ」

子供扱いするな、とか、人が見てるだろう、とか、言える言葉はいくらでもあったのに、佐知はその全部を飲み込んで一緒《いっしょ》に歩き出す。

嬉しい、だなんて、何でそんなことを思ったのか。俺は一体どうしちゃったんだろう。

胸がやけにどきどきして、それを誤魔化《ごまか》すように口を開く。

「確かに、急に混んできたよな」

「まあ、人が集まりそうなところを選んだからな」

「選んだって何だよ」

「このデパートをここに誘致《ゆうち》したのは、うちの系列企業《きぎょう》だ。何年もかかって大変だったが、やっぱりここにしてよかったな」

「……お前、何でやくざなんかやってる訳？」

それだけ稼《かせ》げれば、何もやくざなんて足枷嵌《あしかせは》めなくても、普通《ふつう》の企業家として生きていけばいいのに。

「まあ、このご時世だし、いつどうなるか分かんねえからな。金はいくらあっても困らねえだろ？」

「今日は賢吾のおごりで美味《うま》いもの食おう」

「おう、食え食え。めいっぱい食え。史は何が食いたい？」

「ぼく、おにくがいい。さちは？」

「そうだなあ。俺もやっぱり肉かな」

「よし、決まりだ。美味い肉食わせてやる」

賢吾の言葉に、史と二人で歓声《かんせい》を上げる。そうして三人で歩きながら、周囲の人達から自分達はどういう風に見えているかな、と思った。

間違っても家族には見えないだろうな。そう思うと、また少しだけ胸の奥がつきんと痛んだ。


「はー、よく遊んだ」

高層ビルの屋上にある観覧車の中。眼下に見える夜景を眺《なが》めながら、佐知はうーんと伸《の》びをする。

今日は一日、本当によく遊んだ。遊園地から始まって、デパートで服やらおもちゃやらも買ったし、夕飯は賢吾のおごりで美味い肉も食べた。大満足の一日を過ごした史は今、賢吾に抱っこされて夢の中だ。史のリクエストで乗った観覧車からの夜景は見事だが、眠気《ねむけ》には勝てなかったらしい。

最初はあれほど賢吾に緊張《きんちょう》していた史も、すっかり打ち解けたようでほっとした。安心した顔で眠っている史の姿にほっこりする。こうしていると、本当の親子みたいだ。血の繋《つな》がりがある分、そっくりとまではいかなくても、ふとした瞬間《しゅんかん》に似ているなと思うことがある。

そして賢吾も、佐知が思っていたよりもずっと父親らしくて驚《おどろ》いた。あの賢吾が子供を抱き上げているだけでも驚きだが、さきほどは眠気でぐずる史の背中を優《やさ》しくとんとんとあやしていて、我が目を疑った。

もし賢吾が結婚したら、意外といい父親になるのかもしれない。奥さんがいて、子供がいて……そんな賢吾の姿を想像したら、何だかむかっとした。佐知よりも似合うその姿に、嫉妬《しっと》したのかもしれない。賢吾のくせに、むかつく。

そんなことを考えていると、正面からやけに視線が突《つ》き刺《さ》さってきて、今のむかつきそのままに睨《にら》みつけた。

「何だよ？」

「いや、お前が一人で百面相をしてるから、眺めてた」

「気安く見るな。見物料を請求《せいきゅう》するぞ」

「払《はら》ったら、見ててもいいのか？」

冗談《じょうだん》が通じない男に、ばーか、と返す。それでも、今は何となく喧嘩《けんか》をする気分ではなくて、それ以上の追撃《ついげき》をやめて下に広がる景色に視線を向けた。

「にしてもここ、カップルだらけだったな」

観覧車に乗るために列に並んでいる間、男二人に子供一人の自分達はひどく浮《う》いていて、居《い》心地《ここち》の悪さと言ったらなかった。

「まあ、女を口説くにはうってつけの場所かもな」

「へえ。お前も、こんなところで女を口説く訳だ」

「俺は女を口説いたことなんかねえよ」

「嘘吐《うそつ》け。密室をいいことに乳繰《ちちく》り合ってるんだろうよ」

あれだけいつも女を纏《まと》わりつかせているくせに、口説いたことがないなんて信じられるか。さっきのレストランでも、俺がトイレに立った隙《すき》に女に声をかけられてたの、知ってるんだからな。子連れの男に声をかける女のほうもどうかしてる。

賢吾は女が勝手に佐知の座っていた席に座っても、顔色も変えず冷めた表情で『そこは連れの席だ。勝手に座るな』とあしらっていたが、ああいう状況《じょうきょう》に慣れている風なのも腹が立つ。

へー、そうですか。レストランで食事してて声をかけられるとか、日常茶飯事《さはんじ》なんですか。

けっ、とやさぐれた気分になって、唇《くちびる》を尖《とが》らせた。

「言われてみれば、密室だな」

「……え？」

自分で言い出した言葉なのに、改めて賢吾の口から言われると途端《とたん》に落ち着かなくなる。こんな狭《せま》い場所で二人きりなんて、初めてのことかもしれない。

逃《に》げ場がない。逃げる必要などないはずなのにそう思って、視線を彷徨《さまよ》わせる。賢吾にじっと見つめられると、何だか胸がざわざわとして平静でいられない。

この男の目には、魔力《まりょく》でも宿っているんじゃないのか。大学の頃《ころ》、女子が賢吾と目が合うだけで妊娠《にんしん》しそうだなんてよく騒《さわ》いでいたが、満更《まんざら》でもないんじゃないかと言いたくなる。

「小動物追い詰《つ》めてるみたいな気分になるから、びくびくすんなよ」

「びくびくなんか、俺は別に——」

「俺がどんな風に口説くか、知りてえか？」

秘《ひ》め事をこっそりと告白するみたいな賢吾の声に、思わず真正面から賢吾と視線を合わせてしまう。

「お前だけなら、口説いてやる」

賢吾がふっと口元をゆるめて笑うから、佐知は慌《あわ》てて下を向いた。

知りたくない。反射的に頭にそう浮かぶ。賢吾がどんな風に女を口説くのか、そんなの知りたくなんかない。

史を抱いたまま、賢吾が佐知の隣《となり》の席に移ってくる。

「ひ……っ」

「おっと、急に動くと揺《ゆ》れるぞ？」

慌てて逃げようとしても、狭い観覧車の中ではすぐに捕《つか》まってしまった。腕《うで》を捕《と》られて座らされ、ぐっと顔を寄せて距離を詰められる。

賢吾の体温になど子供の頃から慣れているはずなのに、今日はとても息苦しい。覚えのある賢吾の匂《にお》いが鼻をくすぐると、どくどくと心臓の音がうるさくなった。

うるさい。黙《だま》れ、俺の心臓。賢吾に聞こえたらどうするんだ。からかわれているだけだ、反応したら負けだ、と言い聞かせる。そうしている間にも、賢吾の顔が近づいてきて――

「……お前が、好きだ」

吐息《といき》が唇をくすぐる距離で囁《ささや》かれ、スローモーションのようにゆっくりと唇が合わさった。ゼロになった距離はすぐにまた離《はな》れて、なのに佐知は唇を塞《ふさ》がれたままのように息ができなくなる。

え……？　キス、された？　好きだと、言われた？……俺を？

まさかそんなことをされるなんて思っていなくて、抵抗《ていこう》する暇《ひま》もなかった。呆然《ぼうぜん》としたまま離れていく賢吾の唇を見つめていたら、ふっと口元がゆるむのが見えた。

違《ちが》う。勘違《かんちが》いするな。賢吾はただ、俺のことをからかっているだけだ。

胸の中で様々な感情が入り乱れる。喜怒哀楽《きどあいらく》の全《すべ》てが去来して、最後に残ったのは、怒《いか》りだった。

止まっていた呼吸が再開し、ふうっと息を吐《は》き出す。他《ほか》の女とキスした唇なんかで、俺にキスしやがって。初めてのキスだったのに。からかうように奪《うば》われたことが悔《くや》しくて、佐知は意地でもそれを悟《さと》られたくなくて、感情とは裏腹に笑ってみせる。

「はは、これがお前の女落とすテクってやつか？　ベタすぎるだろう」

そうして笑い飛ばしながら、絶望的な気分を味わっていた。

気づかなくていいことに気づいてしまった。自分の中に眠っていた賢吾への気持ち。だけど、それは認められない。認めたくない。

「佐知、俺は――」

「あ、もうすぐ下に着くぞ」

言葉を遮《さえぎ》る。今はどんな言葉も聞きたくなかった。からかっただけだろう、なんて言われたら、殴《なぐ》ってしまうかもしれない。

隣からはため息が聞こえたものの、賢吾はそれ以上何も言わなかった。そのことに心底ほっとし て、佐知は頑《かたく》なに外に目を向け続けた。下に着くまで。

してしまう。

これで午前の診察が終わる。そう思うとついそわそわして、壁《かべ》にかけられた時計を確認《かくにん》して

その日の午前診察《しんさつ》の最後の患者《かんじゃ》は、先日ビール瓶《びん》で腕を怪我《けが》した東雲組の組員だった。

「はい、これで抜糸終了《ばっししゅうりょう》」

今日、史は賢吾の屋敷《やしき》で留守番をしていた。遊園地ではしゃぎ過ぎたのか、少し熱を出した

からだ。屋敷にいる組員達が見てくれているが、心配なので早く様子を見に戻《もど》りたい。

抜糸した後の傷の様子を確認して、佐知はうんと頷《うなず》く。

「後は日にち薬だな。徐々《じょじょ》に目立たなくなってくるはずだけど、縫《ぬ》ったばかりの傷は無理をし

たらまた開くこともある。くれぐれも無理はしないように」

「はい！　姐《あね》さん、ありがとうございます！」

「…………ああ？」

聞き捨てならない言葉を聞いて、佐知は自分史上初めてぐらいの低い声で組員に凄《すご》む。今はその手の冗談を笑って流してやれる気分ではない。

「あ、すいませんっ！　思わず心の声が漏《も》れ出ちまって」

「……待て。謝れば許されるという風潮に異議を唱えたい。心の声って何だ」

許すどころか、許せない要素が増えたぞ。

「いやあ、若が組長になった暁《あかつき》には、佐知さんがそうなる訳ですし、練習……的な？」

おずおず言えば何でも許されると思うな。何が練習だ。そんな日は永遠に来ない。ちらっとこちらを窺《うかが》うような視線を送ってくるのが余計に腹立たしい。男がやっても可愛《かわい》くない。むしろ吐き気を催《もよお》した。

「……いいか。この際だから言っておく。次そう呼んだら、お前ら全員どんな重傷で運ばれてきても麻酔《ますい》なしだから」

「え⁉　そんな、ひどいですよ佐知さん！」

ひどいのはどっちだ。時々、こいつらは佐知が男だということを忘れているんじゃないかと思う時がある。一万歩ぐらい譲《ゆず》って仮に佐知が賢吾の恋人《こいびと》だったとしても、男は姐さんにはなれない。なりたくもない。

「帰ったら、ちゃんと全員に伝えろよ？　心の中で思うのも許さないからな」

「それは……心の中までは佐知さんだって分からない訳ですし」

「有罪。お前もう次から麻酔なし」

「ちょっ、何でですか！」

「俺が有罪だと判定したら、その時点で有罪だ」

「横暴！」

ひどい、と騒ぐ組員をうるさいと怒鳴《どな》りつけて、さっさと帰れと促《うなが》す。

「ちょっと、犬猫《いぬねこ》追い払うみたいな態度はやめてくださいよ。佐知さん、午前の診察は俺で終わりですよね？　今から史坊《ぼっ》ちゃんの様子を見に屋敷に戻られるなら、俺がお送りしますよ」

普段《ふだん》なら間違《まちが》いなく断るところだが、史の様子を早く見に戻りたい佐知は、二つ返事でその提案に乗った。

「よし、じゃあ行くか」

白衣を脱《ぬ》いで、組員と連れ立って医院の外へ出る。するとそこへ、見たことのある水商売らしい女性達が通りかかった。

「あなた、もしかして佐知さん？」

「そうですけど、それが何か？」

どの顔も、賢吾にひっついているのを見たことがある。それに気づくと冷めた声になった。

「ちょうどよかったわ。賢吾さんのことで、あなたには言ってやりたいことがあったの」

そう言って不敵な笑《え》みを浮《う》かべた女性達に取り囲まれる。なるほど。身に覚えはまったくないが、何にせよ賢吾のせいらしい。あの男は本当に、佐知に面倒《めんどう》事しか持ち込まない。

「あなた方は賢吾の遊び相手か何かですか?」

こちらも好戦的な笑みで返すと、女性達が少したじろぐ。男で嫁《よめ》というぐらいだから、か弱いタイプでも予想していたのかもしれないが、佐知は違う。そもそも嫁ですらない訳だが。

「や、やだ……っ、何この人、妖《あやかし》……?」

何人かの女性が、ため息を吐いて頰《ほお》を紅潮させた。誰《だれ》が妖怪《ようかい》だ。失礼にもほどがあるだろう。

確かに、昨日色々考えて眠《ねむ》れなかったせいで目の下にはクマができているし、顔色もそうよくないのは、舞桜に指摘《してき》されたから分かっている。だが、妖怪扱《あつか》いされるほどひどくはない……と思う。

「さ、佐知さんっ、若は本当に今は佐知さん一筋で――」

「今は?」

佐知がにっこり笑って問いかけると、賢吾をかばおうとした組員がうっと言葉を詰まらせる。

「や、あの……っ、ほんとにっ、ほんとに昔にちょっとだけっ、若が荒《あ》れてた時期がありましてっ、その時にちょっとだけ……ほんとにちょっとだけなんですっ、今はほんとに若は潔白で……っ」

若に殺される、と組員が顔を押さえてうわっと泣き始めるが、そんなことは知ったことではない。そもそも、だからどうしたと言うのだ。あいつがどれだけ女と遊ぼうが、そんなことは佐知には関係ない。そう思いながらも、胸に渦巻《うずま》く怒りを隠《かく》せない。

ほら見てみろ。やはり本気になどしないでよかった。あれはからかわれただけなのだ。

「で？　顔を見たご感想は？　ないなら帰ってもらえませんかね。俺、急いでるんで」

　これでも、普段は女性にはそれなりに優《やさ》しくしているつもりだが、今は賢吾への怒りが大きすぎて、取り繕《つくろ》う気にもなれない。

　佐知の冷ややかな視線に一瞬《いっしゅん》息を呑《の》んだ女達だったが、ぐっと拳《こぶし》を握《にぎ》りしめて佐知を睨《にら》み返してきた。

「賢吾さんに誰かがいるのは、私達だってずっと知ってたわ。誰が誘《さそ》いをかけても本気になってくれないんですもの。でも、いくら本気の相手ができたからって、店にすら寄りつかせないっていうのは、次期組長の嫁として、あまりに度量が足りないんじゃないのかしら？　男に嫁というのも、変な話だけど」

　……姐さんやら嫁やら、お前ら皆《みんな》して言いたい放題か。嫁じゃないと怒鳴りつけたい気分だが、できないから余計に腹が立つ。

「……そもそも、俺はあいつに何の制限もしてやしないんですが」

「嘘《うそ》よ！　だって賢吾さん、ヤキモチ焼かれると困るからって、そう言ったもの！」

「なるほど。やっぱり賢吾のせいか」

　尻《しり》のポケットからスマホを取り出す。電話帳から馬鹿《ばか》と書かれた名前を探し、電話をかけた。

「……もしもし、今すぐ来い。忙《いそが》しい？　そんなの知ったことか。今すぐ来ないなら、ここにいるお前の女全員、京香さんに引き渡《わた》して、史連れて別居って形にしてもらうから」

　回線の向こうで何やら賢吾がわあわあと喚《わめ》いていたが、聞かずにぶちりと通話を切る。普段はさすがに、佐知も賢吾に対してここまで傍若無人《ぼうじゃくぶじん》には振《ふ》る舞《ま》わない。頭に血が上っている自覚がないままに、かけ直してきたら鬱陶《うっとう》しいからと、スマホの電源まで落とした。

「すぐに来るので、待っていていただけますか？」

スマホをポケットに戻しながらにっこりと笑うと、電話の内容を聞いていた女達が色めき立った。

「あ、あんな電話して賢吾さんの仕事の邪魔《じゃま》をするなんて、何考えてるのよ！」

「それを言ったら、俺も今あいつのせいで貴重な休憩《きゅうけい》時間を邪魔されてる訳ですし、おあいこでしょう？」

さっさと史のもとに行ってやりたいのに、何で俺が賢吾の遊び相手につるし上げられなくてはならないのか。それもこれも全部賢吾のせいだ。

「そ、それは……っ」

「さ、佐知さんっ、若は今日、大事な商談があるとおっしゃっていたので……」

「ふーん。じゃあ来ないのかな？　来ないなら、京香さんに電話しようかな」

またポケットからスマホを取り出そうとすると、組員が慌《あわ》てて佐知の腕《うで》に縋《すが》りつく。

「ままま、待ってください！　佐知さんっ、考え直して！」

その時、猛《もう》スピードで黒塗《くろぬ》りのベンツが走り込んできて、佐知の隣《となり》で急ブレーキをかけた。止まったと同時ぐらいにすごい勢いでドアが開く。降りてきたのは息を切らせた賢吾だった。

「遅《おそ》い！」

「いや佐知さんっ、びっくりするような早さでしたよ⁉」

必死で賢吾のフォローをしているはずの組員を、何故《なぜ》か賢吾が睨みつける。

「てめえ、覚悟《かくご》できてんのか」

「え？　あ！　ちち、違《ちが》いますよっ⁉」

組員が慌てた様子でぱっと佐知から手を離《はな》した。自由になった腕を組み、佐知は賢吾にこれ以上ないほど冷たい視線を向ける。

「商談とやらがあったんだって？」

「ちょうど出かけるところだったからな。伊勢崎に押しつけてきた」

スーツ姿の賢吾はネクタイを緩《ゆる》めながら、啞然《あぜん》とした顔をしている女性達に目を向け、そしてまた佐知に向き直った。

「誤解だ」

「嫌《いや》だなあ。そんな浮気《うわき》男の常とう句みたいなセリフ言わなくても、別に俺怒《おこ》ってないのに。やくざの世界は、女の数を競《きそ》うのも男の甲斐性《かいしょう》のうちって言うし？　ねえ、皆《みな》さん？」

佐知に話を振られた女性達が頰を引きつらせる。

「わ、私達はただ、またお店に来ていただきたいって……」

「だそうだ。行ってやれよ」

「断る」

佐知の手を摑《つか》んだ賢吾が、ぐっと顔を寄せてきた。目を逸《そ》らさずにそれを睨みつける。凄《すご》めば何でも物事が解決すると思うなよ。

「家に帰ればお前と史がいる。それ以上に大事なことなんかねえ」

「俺を、お前の女遊びに巻き込むな」

「……それは悪かった。謝るから、俺を許せよ、佐知」

賢吾が、こつんと額を合わせてくる。いつもならこんな触《ふ》れ合いは絶対許さないが、今日だけは、ここにいる女性達にこんな賢吾の姿を見せつけてやりたいと思った。

俺は、あんた達とは違う。愛だの恋《こい》だの、そんな関係はすぐに終わるかもしれないけれど、生まれた時から一緒《いっしょ》の賢吾は、まるでインプリンティングみたいに当たり前に佐知を必要としている。

喧嘩《けんか》だって何度もした。でも、いつも最後に謝るのは賢吾で、佐知はどこかでそうして賢吾の気持ちを試《ため》していたのかもしれない。どれだけ自分が賢吾に必要とされているか。

これは、優越《ゆうえつ》感だ。誰もが焦《こ》がれる相手が、自分だけを特別だと認識《にんしき》している。それ以外の何ものでもない。ましてや、恋や愛なんかとは違う。

「俺は、お前なんか大嫌《だいきら》いだ」

「分かってる。それでも俺は好きだ」

だから絶対、賢吾を好きになったりはしない。

やめろ、と手のひらで賢吾の顔を押し返して、女性達に向き直った。

「こういう訳なんで、俺じゃなくて直接賢吾と交渉《こうしょう》してもらえます？」

佐知が賢吾に何の強制もしていないことは、これで分かってもらえたはずだ。にっこりと笑いかけると、賢吾が理不尽《りふじん》な要求をしてくる。

「おい、笑うな」

「俺が笑おうが怒ろうが俺の勝手だろう？　お前にえらそうに命令される覚えなんかないよ」

「じゃあせめて不細工に笑え」

「……お前何なの？　どうしても喧嘩したい訳か」

「お前こそ、どうしても色目を使わずにいられねえのか」

「はあ？　俺がいつ色目なんか使ったんだよ」

「お前は存在自体が危険すぎんだ」

「人のことを取扱《とりあつかい》注意《ちゅうい》の危険物みたいに言うな！」

「似たようなもんだろうが！　お前が笑いかけて、お前のこと好きにならねえ人間なんかいる訳が――」

「はい、ストーップ！」

それまで黙《だま》って経緯《けいい》を見守っていた組員が、険悪になり始めた佐知と賢吾に待ったをかけた。

「若、佐知さん、落ち着いてください。皆さん、あっけに取られてますよ？」

言われて、改めて周囲を見回す。女性達がきょとんとした目でこちらを見つめていた。

「嘘でしょ……あの賢吾さんが、こんなになっちゃうなんて」

「でも私、ちょっと分かる気がする。よく見たらあの人、すごく綺麗《きれい》だもの」

「それに、こういう賢吾さんも何か可愛《かわい》い。ふふ……そうなのね、賢吾さん、こんな風になっちゃうのね」

ひそひそと話す内容は聞こえなかったが、何やらこちらを見つめてくる目が、次第《しだい》に優しくなっている気がする。何事だ。

しばらくして話がまとまったのか、一人が口を開く。

「賢吾さん、野暮《やぼ》なことしてごめんなさいね。私達、二人のことを応援《おうえん》するわ」

「別にお前らに応援してもらう必要なんざねえから、とっとと帰れ」

「もう、相変わらず冷たいんだから。でもオーナーなんだから、たまにはお店に来てね？」

「お前らの指図は受けねえよ」

賢吾の塩対応に慣れているのか、彼女達は笑いながら手を振って去っていった。

訳が分からない。女心と秋の空、と言うが、こうも簡単にころりと機嫌《きげん》が変わるものなのか。

ただ口喧嘩を途中《とちゅう》で遮《さえぎ》られた気まずさだけが残って、佐知はふんとそっぽを向いた。

「さ、じゃあ用も終わったし、お前も帰れ」

今は、賢吾と顔を合わせていたくない。昨日あんなくだらない形で佐知のファーストキスを奪《うば》った恨《うら》みも、まだ忘れていない。

「はいはい。じゃあ仕事に戻《もど》るぞ。今日はなるべく早く帰る」

「あっそ。いってらっしゃい」

「それから、最近屋敷《やしき》の周りをうろついてるやつがいるらしい。お前も気をつけろ」

「分かったからさっさと行けよ」

ひらひらと手を振って追い出すと、一部始終を見ていた組員がぼそりと言った。

「夫婦《ふうふ》か。いや、そうか、夫婦だな」

組員に屋敷まで送ってもらった佐知が、和室に敷《し》かれた布団《ふとん》で眠《ねむ》っている史の額にそっと手を当てると、史の目がゆっくりと開く。

「……さち？」

「起こしちゃったな。ごめん。調子はどうだ？　喉《のど》は痛くないか？」

「うん、ぼく、いいこにしてたよ？　さちは、おしごといそがしかった？」

忙しさはいつも通りだったが、余計な来客があった。思い出したらつい口元が歪《ゆが》んでしまって、目聡《めざと》く見咎《みとが》めた史がじっと佐知を見つめてくる。

「さち、おこってる？」

子供はただでさえ敏感《びんかん》だが、史は特にそうだ。適当に誤魔化《ごまか》そうかと思ったが、真っ直《す》ぐな史の目を見ていると、つい本音が零《こぼ》れた。

「怒ってる……のかな？　大人って難しいんだよ。自分でも、自分の気持ちが分かんなくなっちゃう時がある。違うな、分かんないんじゃなくて、認めたくない、かな」

本当は、もう分かってる。ただ、認める訳にはいかないだけだ。認めてしまったら、その他大勢と一緒になる。それが佐知は怖《こわ》い。

一度本音が零れてしまうと、後はもう決壊《けっかい》したダムのように言葉が溢《あふ》れていく。

「好きな人がいるんだ。でも、その人を好きになりたくない」

史はぱちりと一度ゆっくり瞬《まばた》きをしてから、不思議そうに言った。

「でも、すきなんでしょ？　すきなのに、すきじゃなくなりたいの？　おとなってむずかしいね」

史にそう言われて、思わず苦笑《くしょう》が漏《も》れる。本当に大人って難しい。……違《ちが》うな。難しく物事を考えようとしてしまうのだ。

そうなのだ。好きな人、と言っている時点で、もう好きなのだ。どんなに足掻《あが》いたところで、自分はもう相手を好きになってしまっている。

それは至ってシンプルで、ありきたりな気持ちだ。だけど、そうと認める訳にはいかない。だからややこしくなる。

「特別で、いたいんだ。ずっとあいつの特別でいたい」

「とくべつとすきはちがうの？　ぼくはさちをとくべつでだいすきだよ？」

史の言葉に、ふっと笑《え》みが零れる。史にそう言ってもらえることが嬉《うれ》しい。でも佐知は、好きと特別が違うことを知っている。

……高校の時のことだ。賢吾の父、吾郎は、元々そんなに体が強いほうではなくて、その頃《ころ》は特に調子を崩《くず》していた。今でこそかなり落ち着いて日常生活を送ることができているが、当時は一時生存も危《あや》ぶまれたほどだ。

そんなある日。学校からの帰り道、いつも通っていた公園の噴水《ふんすい》の前に差し掛《か》かった時、賢吾が言ったのだ。

『俺、親父《おやじ》の跡《あと》を継《つ》ごうと思う』

それまで、賢吾が具体的に組を継ぐという発言をしたことはなかった。吾郎も世襲《せしゅう》にこだわる必要はないというスタンスで、息子《むすこ》に強制することもなかったから、ただ漠然《ばくぜん》と佐知は、ずっと賢吾は自分の隣《となり》にいるのだと、そう思っていた。

賢吾の言葉に足を止め、佐知は賢吾を振り返って言った。

『俺がやめろって言っても？』

『組員達は俺の家族も同然だ。あいつらを放っておけねえ。……それに、やりたいこともある』

賢吾なりに考え抜《ぬ》いての決断だったんだろう。きっぱりと言い切った賢吾に、佐知はぐっと唇《くちびる》を噛《か》みしめた。

お前、分かってるのか？　組を継ぐということは、俺と違う道を行くということなんだぞ。

自分より、組員達のほうが大事だと言われた気がした。幼い頃から賢吾が佐知を特別扱《あつか》いしていたから、天狗《てんぐ》になっていた部分があったんだと思う。

『お前、昨日女と歩いてただろう？　やくざになるなんて言ったら離《はな》れてくぞ？』

『……見てたのかよ』

見てた。腕《うで》に女を絡《から》ませて、億劫《おっくう》そうにキスを受ける賢吾を。その時だけじゃない。それまでだって何度も。

『あいつらはうちの店の女で……女の話なんか、今はどうでもいいだろ。そんな替《か》えのきくもんの話なんかしてねえよ』

替えがきく。その言葉にぴくりと佐知の頬《ほお》が震《ふる》えた。賢吾にとって、恋《こい》だとか愛だとかの相手は、替えがきくものに過ぎないのか。賢吾の『好き』は、その程度なのか。

だったら自分は、絶対にそんな存在にはなりたくない。

『俺は、やくざのお前は嫌《きら》いだ』

東雲組のお抱《かか》え医師の息子として、吾郎や組員達が怪我《けが》をして運び込まれてくるのを何度も見ていた。組を継ぐなら、お前だっていつか、危ないことをして死んでしまうかもしれない。

……俺からお前を奪っていくやくざなんか、大嫌いだ。

今になって思えば、あの時佐知は、無自覚に賢吾へ抱《いだ》きそうになっていた淡《あわ》い気持ちを封印《ふういん》したのだ。

好きになんかならない。この気持ちを恋や愛なんかにはしない。そうしていれば、佐知はずっと賢吾の中で、幼馴染《おさななじ》みとして特別でいられる。

賢吾は佐知よりも組を、家族を取った。そう思うと悔《くや》しくて。だけど、家族には勝てなくても、せめて特別なままでいたいと思った。あの時はその気持ちに何の違和感《いわかん》もなかったけれど、頑《かたく》ななまでにそう思ったこと自体、自分の中で賢吾が特別だった証《あかし》だ。

その他大勢にされるのは嫌《いや》で仕方がなかった。自分が賢吾の中で特別だという自負もあった。

賢吾が抱《だ》く女達よりもずっと。

　大学を卒業して大学病院に入った時、もう地元には戻らないと決めた。それは大学病院で学ぶことが楽しいからだと自分に言い訳していたけれど、そうじゃない。組のために、いずれ家庭を持つだろう賢吾の姿を見たくなかったからだ。

　その頃ちょうど、京香が賢吾に見合い話を大量に持ち込んでいた。賢吾の隣に自分以外の誰《だれ》かがいて、可愛《かわい》い子供がいて、そうしたらそのうち、佐知は幼馴染みとしての特別でさえ失う。そうなる前に、逃《に》げ出したのだ。

だけど、たった数年で舞《ま》い戻ってしまった。本当は、父の仮病《けびょう》など見抜《みぬ》いていたのに、騙《だま》されたふりで医院を継いだのは、賢吾との関係を繋《つな》ぎたかったからだ。

　本当はずっと分かっていた。自分で自分の心を騙していただけだ。それなのに賢吾が馬鹿《ばか》なことを言うから、無意識に蓋《ふた》をして誤魔化していた自分の気持ちを、はっきり自覚してしまった。馬鹿みたいだ。いつだって結局、佐知は賢吾のことだけを考えている。

「さち？」

　黙《だま》り込んだ佐知に、史が心配そうに布団から手を出し、佐知の手を握《にぎ》った。小さな手は熱のせいか温かくて、何故《なぜ》だか涙《なみだ》が出そうになる。

「今だけ、泣いてもいいかな？」

「いいよ。おとこのこは、ひとりでないちゃ、いけないんでしょ？」

　優《やさ》しい史の言葉に、ぽろりと一粒《ひとつぶ》涙が零れた。子供相手に泣いているなんてみっともないと思ったが、布団から起き上がった史が佐知の頭をよいしょと引き寄せ、膝立《ひざだ》ちでぎゅっと抱きしめてくれるから、涙腺《るいせん》が崩壊《ほうかい》した。

「よしよし。さち、いいこだね」

頭を撫《な》でられると、自分こそが幼い子供のような気がする。こうして泣いたのはきっと、母親が死んだ時以来だ。

「史、お前いい男になるよ」

ひとしきり泣いた後そう言ったら、史は目をぱちくりさせた後で、照れ臭《くさ》そうに笑った。

お蔭《かげ》で少し落ち着いた。泣いても喚《わめ》いても、結局佐知が賢吾を好きなことは変わらない。佐知が自分のことを好きだと知ったら、賢吾はきっと受け入れてくれるだろう。その程度に大事にされている自覚はあった。だが賢吾の恋には簡単に終わりが来てしまう。そして捨てられてしまったら、今のままの関係ではいられなくなる。賢吾が以前の関係を望んだとしても、少なくとも佐知には無理だと分かっていた。そんなことになるぐらいなら、特別な幼馴染みのままでそばにいたい。一時の気の迷いなんかで、その地位を失いたくなかった。

それなら佐知にできるのは、この気持ちが恋だと賢吾にバレないように耐《た》えること、それだけだった。

午後の診察《しんさつ》を終えた佐知が屋敷《やしき》に戻《もど》ると、門のところでちょうど戻ってきた賢吾と鉢合《はちあ》わせ

た。泣いた目はもう腫《は》れも治まっているはずだが、バレやしないかと少しだけひやりとする。

「よう、佐知。お前も今帰ったのか」

「ああ。お前、遅《おそ》くなるんじゃなかったのか？」

自分の気持ちをはっきりと認めてから初めて賢吾と顔を合わせて、意識しないようにしようとする分、普段《ふだん》より余計につっけんどんな声になってしまう。平常心、平常心。

「家で嫁《よめ》と子供が待ってると言ったら、すんなり帰してくれてな」

「……その嫁とやらが俺だなんて言ったら、その口縫《ぬ》いつけてやる」

「嫁と呼ばれるのが嫌なら、何だったら——」

「あ、ぱぱ、さち、おかえりなさい！」

声を聞きつけた史が、パジャマ姿のままでぱたぱたと廊下《ろうか》を走ってくる。どうやらトイレにでも行こうとしていたらしい。大分元気が出てきた様子に安心しながらも、走ったら駄目《だめ》だと史に近寄って叱《しか》ろうとした。だがその時、突然玄関先《とつぜんげんかんさき》に破裂《はれつ》音が響《ひび》く。

ぼんっ！

音が響いたのとほぼ同時に、目の前にいた賢吾が反射的に佐知と史に覆《おお》いかぶさり、そのまま倒《たお》れ込んだ。

「け、賢吾っ⁉」

「いいから頭下げてろ‼」

怒鳴《どな》りつけられ、何が何やら分からないまま、史を抱きしめて身を硬《かた》くする。分かったのは、聞こえた破裂音が拳銃《けんじゅう》のものではないということだけだ。辺りに焦《こ》げ臭い匂《にお》いが立ちこめて、薄《うす》く煙《けむり》が舞う。

「若っ、大丈夫《だいじょうぶ》ですか⁉」

「一体何事だ！」

佐知と史を腕の中から解放した賢吾が、走り寄ってきた組員の一人に険しい表情を向ける。

「ペットボトルで作った簡易爆弾《ばくだん》を投げ込まれたようです！　今、投げ込んだやつを捜索《そうさく》中です！」

「いいか、絶対に逃がすんじゃねえぞ。うちに喧嘩《けんか》売るような命知らずには、それ相応の礼をしてやる。草の根分けても探し出して、俺の目の前に引きずり出してこい！」

「は、はいっ！」

鬼気迫《ききせま》る賢吾の表情に、びくりと体を竦《すく》ませたのは組員だけではなかった。佐知の腕の中にいる史の体が震えて、怯《おび》えた史の目にうっすらと涙が浮《う》かぶ。佐知でさえ、内心の慄《おのの》きを表情に出さないようにするのがやっとだった。

この男がやくざだということは知っていた。そのはずなのに、こうしたやくざ然とした賢吾を見たのは初めてだということに、佐知は今更《いまさら》ながらに気づく。賢吾は、こうした一面を佐知に見せないようにしていたのかもしれない。

初めて賢吾を怖《こわ》いと思った。それから、やはりやくざでいる限り、賢吾は危険と隣《とな》り合わせなのだと改めて思う。怒《おこ》ってはいるものの、この状況に驚《おどろ》いている風ではない賢吾は、佐知の知らないところで、一体どれだけの死線をくぐってきたのだろうか。

ふっとこちらを向いた賢吾と、視線が合う。

「……悪かった」

謝罪と共に優しく手を握り込まれ、自分の手が震えていたことに気づいた。そのまま佐知ごと史をも抱きしめて、賢吾はもう一度「悪かった」と繰《く》り返す。

「……俺のことが、怖くなったか？」

そう言って佐知と史の顔を覗《のぞ》き込んだ賢吾の顔には、もう先ほどまでの険しい表情はなく、諦《あきら》めの中に悲しみを滲《にじ》ませたような、複雑で、見ているこちらの胸が痛むような、そんな表情を覗かせていた。

馬鹿。そんな顔をするな。そんなお前らしくない表情なんか、見たくない。

「……お前みたいなただでさえ顔が怖いのが怒ったら、ビビるのは当たり前なんだよ！」

怒る口調でそう言って、ぱんっと賢吾の頬《ほお》を両手で挟《はさ》む。そのままむにっと頬を押さえて、史のほうへと顔を向けさせる。

「なあ史、史だって怖かったよな？　ビビらせた仕返しに、史もむにってやってやれ」

「ぼくも、やっていいの？」

きょとんとした顔をする史に、苦笑いした賢吾がどうぞと自ら頬を差し出すと、史はおずおずと両手を伸《の》ばして賢吾の頬をむにっと挟んだ。

最初は遠慮《えんりょ》がちに、だが賢吾が怒らないと分かると、むにむにと好き放題に頬を押さえたり引っ張ったりして、それからようやく史の顔に笑《え》みが浮かぶ。

「ぱぱのほっぺ、やわらかいねえ」

ひとしきり賢吾の顔で遊んで機嫌《きげん》を直した史は、トイレに行きたかったことを思い出して廊下をばたばたと去っていった。その姿を見送っていると、隣《となり》に並んだ賢吾がぼそりと口を開く。

「ありがとう、な」

「お前に礼を言われるなんて気持ち悪い。やだやだ、明日《あした》はヒョウでも降るのかねえ」

うえっ、とさも気持ち悪げな表情を作って言ってやったのに、賢吾はくしゃりと破顔して、楽しそうに笑う。

「お前はやっぱり最高だな」

気持ち悪いと言われて笑う賢吾の気持ちはさっぱり分からなかったが、さっきまでの表情よりはよほどいい。「ばーか」と返して、賢吾を置き去りにして歩き出しながら、佐知は賢吾に見られないようにほっと安堵《あんど》の吐息《といき》を零《こぼ》した。


「三十九度」

賢吾の腋《わき》から取り出した体温計を一緒《いっしょ》に覗き込んだ佐知と伊勢崎が、同時に口を開く。

「風邪《かぜ》だな」

「風邪ですね」

「ああ？　何で俺が風邪なんかひくんだ」

布団《ふとん》に入って赤い顔で文句を言われても、何の説得力もない。目だって潤《うる》んでいるし、声も掠《かす》れている。どこからどう見たって立派な病人だ。

「馬鹿《ばか》は風邪ひかないっていうのは、嘘《うそ》なんだな」

「鬼《おに》の霍乱《かくらん》、という言葉もありますよ」

「おい、お前ら、悪口はせめて聞こえねえところで言えよ」

せっかく史の風邪が治ったというのに、今度は賢吾が史の風邪をもらってしまったらしい。

家族間では、子供の風邪を親がもらうということはよくある。だからちゃんと手洗いうがいをして気をつけろって言ったのに。生まれてこのかた一度も風邪をひいたことがなかった賢吾は、佐知の忠告も聞かずに史の食べかけのゼリーまで食べていた。自業自得《じごうじとく》だ。

「ぱぱ、だいじょうぶ？　ぼくのせい？」

今にも泣きそうな顔で史が言うと、布団から手を出した賢吾がくしゃりと史の頭を撫でる。

「史のせいじゃねえよ。昨夜《ゆうべ》ちょっと長湯しすぎたからな。たぶんそのせいだ」

「さち、ぱぱなおる？　しんじゃったりしない？」

大げさなぐらいに心配する史の姿に、ああそうかと気がついた。史はきっと、賢吾と亡《な》くなった母親を重ねているのだ。何の病気で亡くなったのかは知らないが、最後のほうは寝《ね》たきりだったと聞いている。日々弱っていく母親の姿を覚えているから、不安で仕方がないのかもしれない。

「心配ない。パパは頑丈《がんじょう》にできてるからな。何だったら今から乾布摩擦《かんぷまさつ》したって平気だぞ？」

「止《と》めを刺《さ》そうとするな」

「冗談《じょうだん》だ。それぐらい元気だって言いたいだけだろう？」

「お前が言うと冗談に聞こえねえんだよ」

「いや、別にやりたいなら止めないけど」

「やりたくねえわ」

「はい、痴話喧嘩《ちわげんか》はそのぐらいで結構です。元気なようでしたら、仕事に行ってもらっても構わないんですが」

伊勢崎が、メガネのブリッジを指でくいっと押し上げて不敵に笑う。途端《とたん》に賢吾はいそいそと布団を肩《かた》までかぶり直して、わざとらしくけほけほと咳《せき》をした。

「あー、こりゃ駄目だ。急に寒気がしてきた。やっぱ熱があるな」

「……まったく。昨日のカチコミの件もありますし、もうすぐ高洲《たかす》組との会合もあるんですよ？　さっさと治して復帰してもらわないと困ります」

「分かった分かった。お前、年々口うるさくなるな。俺を尻《しり》に敷《し》けるのは佐知だけだ、覚えとけ」

「若を尻に敷くなんて、座り心地《ごこち》が悪くてごめんですよ。……それでは俺は仕事に戻《もど》りますが、間《ま》違《ちが》っても史坊《ぼっ》ちゃんの前でお医者さんごっこなんてしないでくださいよ？」

意味深に笑った伊勢崎のセリフに、深く考えずに反応してしまう。

「誰《だれ》がするか！」

「えー、やってくれねえのか?」

「えー、じゃない! 医者の俺が、何でごっこ遊びなんかしなくちゃいけないんだ!」

「まあ俺は、誰と、なんて言ってないんですがね」

「あ……」

くっそ、嵌《は》められた。苦虫を噛《か》み潰《つぶ》した顔になる佐知に満足げな顔をして、伊勢崎は「後はよろしくお願いします」と部屋を出ていった。伊勢崎め、賢吾の仕事をフォローする分のストレスを俺にぶつけてくるのはやめて欲しい。

「さち、ぼくぱぱのかんびょうする。ずっとついてる」

「そうか？　きっと寝てばかりだから、ここにいても退屈《たいくつ》だと思うぞ？」

「だいじょうぶ」

決心の固い史に、何かあったらすぐに誰かを呼ぶんだぞと言い置いて、佐知もその日の仕事に向かうことにした。

そして、午前の診察《しんさつ》時間の後。様子を見に戻ってきた佐知が見たのは、甲斐甲斐《かいがい》しく賢吾の世話を焼く史の姿だった。

「あ、さち！　ぼくがついてるから、ぱぱだいじょうぶだよ？」

「それはよかった。史、パパに薬を飲ませないといけないから、お水もらってきてくれるか？」

「うん！」

佐知の言葉に、史が部屋を飛び出していく。それを見届けてから、佐知は苦笑しながら賢吾の横に腰《こし》を下ろす。

「看病されるのも大変だな」

「あいつ、はりきってるからなあ」

賢吾の額には、びちゃびちゃのタオルが載《の》せられていた。史が絞《しぼ》って載せたのだろう。それを取って絞り直して、濡《ぬ》れた顔周りを拭《ふ》いてやる。ここまでされて文句も言わずに黙《だま》っていたなんて、賢吾も大概《たいがい》史に甘い。

体温計を腋に挟ませて熱を測ると、朝と変わらず高いままだ。持ってきたライトと舌圧子《ぜつあつし》を取り出し、口を開けさせて喉《のど》の奥を確認《かくにん》する。

「今が熱のピークだな。辛《つら》いなら点滴《てんてき》打ってやるけど、どうする？」

「注射は嫌《きら》いだ。放っておきゃ治る」

「そう言うと思った。薬はちゃんと飲まなきゃ駄目《だめ》だぞ」

賢吾は子供の頃《ころ》から注射の類《たぐい》が嫌いだ。やらないとは思っていたが、一応確認しただけだ。手首に指を当てて脈拍《みゃくはく》を確認しようとしたら、逆に賢吾の手に捕《つか》まる。どきりとしたが、平常心を装《よそお》って、賢吾に視線を向けた。

「寝てる間、お前の夢を見てた」

「気安く登場させるなよ、肖像権《しょうぞうけん》の侵害《しんがい》だ」

「桃《もも》が食いてえな」

「帰りに買ってきてやるから、おとなしく寝てろ」

「何だ、佐知が優《やさ》しいと気持ち悪《わり》ぃな」

「俺だって、病人には優しくする」

「はは、ならずっと病人でいるのも悪くねえな」

たわいもない会話をぽつぽつとしている間も、賢吾は佐知の手を離《はな》さない。急にそのままぎゅっと手を引かれて、どさりと賢吾の胸に倒《たお》れ込んだ。

「おい！」

慌《あわ》てて退《ど》こうとするが、賢吾の腕《うで》に捕まる。病人相手に本気を出す訳にもいかなくて、仕方なく力を抜《ぬ》いた。

「何がしたいんだよ、お前は」

賢吾のスキンシップが激しいのは昔からで、けれど今の佐知には賢吾の体温が辛い。それでもそれを悟《さと》られる訳にはいかないから、精々《せいぜい》つっけんどんに聞こえるようにと意識して声を出した。

「いなくなるなよ？」

「はあ？」

言っている意味が分からなくて顔を上げると、予想外に真剣《しんけん》な瞳《ひとみ》とぶつかる。

「もう二度と、いなくなるのだけは勘弁《かんべん》してくれ」

「何の話だ？」

目を合わせていたくなくて、賢吾の胸に顔を伏《ふ》せた。布団越《ご》しでも、賢吾の鼓動《こどう》が微《かす》かに感じられる。少し速くて、力強い。

「夢、見てたんだよ。大学卒業した後、大学病院に入って、もう二度とこの町には戻らねえって、俺にそう言っただろう？」

言った。あの時は本当に、戻ってくる気はなかった。

「あん時は本気できつかった。すげえ荒《あ》れて、女も手当たり次第《しだい》抱いたし、組員にも当たり散らしたし、自分でも最低だったと思う」

佐知がいない間の賢吾のことは、これまで誰にも聞いたことがない。だが、どうせ佐知などいなくても、変わらない暮らしをしていたんだろうと思っていた。

少しでも自分の不在が賢吾を傷つけたと知って、仄暗《ほのぐら》い歓喜《かんき》が湧《わ》く。そんな自分を最低だと思った。

「ああいうのはもうごめんだ。お前がいねえと、喧嘩する相手もいなくてつまらねえんだ」

「……馬鹿か。お前のことなんかどうでもいいけど、雨宮医院を継《つ》いだ以上、この町にいるしかないだろうが」

「……そうか。それなら……い、い」

すぅ、と賢吾の寝息が聞こえてきて顔を上げる。がっちり佐知を抱いたまま、賢吾が穏《おだ》やかな顔で眠《ねむ》っていた。元々この男は寝るとなったら五秒で寝られる男だから驚《おどろ》きはしなかったが、参ったなと苦笑《くしょう》が漏《も》れる。

賢吾の胸の上で眠る顔を眺《なが》めながら、佐知は小さく呟《つぶや》く。

「……逃《に》げ場を無くしてくれるなよ、馬鹿《ばか》」

逃げようと思っていた訳ではないが、もしも賢吾にバレそうになった時にはそうするのもありかと、ちらりと頭の片隅《かたすみ》を横切ったのは本当だ。

「さち？」

不意に襖《ふすま》が開いて、史が顔を出した。賢吾に乗り上がった状態の佐知を見て、「だだ？」と首を傾《かし》げる。

「違《ちが》う違う。パパ、寝ちゃったんだ。せっかく水持ってきてくれたけど、薬は後にしようか」

賢吾を起こさないようにそっと起き上がって横に正座すると、その隣《となり》にちょこんと史も正座をした。

「ぱぱ、だいじょうぶかな？」

「史が看病してるんだから、治るに決まってるだろう？」

ぽんぽんと優しく史の頭に手を置いて慰《なぐさ》める。こんなに心配されて、賢吾は幸せ者だ。

「ぼく、ほかにぱぱにできることある？」

佐知は少し考えて、頬《ほお》に両方の人差し指を当てて口角を引き上げる。

「それなら、笑ってあげるといいよ」

「わらうの？」

「そう。史が笑うと、皆《みんな》が幸せな気持ちになるんだ。幸せな気持ちになったら、きっと風邪《かぜ》も早く治る」

「わかった。それだけ？」

「後は、自分がしてもらって嬉《うれ》しかったことを、してあげればいい」

「うれしかったこと……」

史が少し考えて、それから分かったと頷《うなず》いた。そうしてまたいそいそとタオルを水につけて絞り始める史に、これでは賢吾も寝《ね》ていられないな、と密《ひそ》かに笑った。

「はい、あめさんどうぞ」

「……おう」

布団《ふとん》の上で起き上がっておかゆを食べていた賢吾が、満面の笑《え》みの史に渡《わた》された飴玉《あめだま》を眺めて不思議そうにする。

「何で飴なんだ？」

「あのね、さちがね、ぼくがうれしいことしてあげたら、ぱぱがよくなるって」

「なるほど。史は飴をもらうのが嬉しいんだな？」

「うん！」

横でその姿を見つめる佐知は、あまりの可愛《かわい》さに悶《もだ》えたくなるのを必死に堪《こら》えている。

確かに昨日、佐知は史にそう言った。そうして史は今日、手に飴の入った缶《かん》を携《たずさ》えて、皆に飴を配っている。要するに、史は佐知からもらう飴がすごく嬉しかったということなのだ。これが可愛くなくて何が可愛いというのか。

だが、そんな風に史の可愛さににやにやしていられたのはそこまでだった。

「さちが、ぼくにあめさんくれたの！　これとおんなじやつ！　いせざきさんがおんなじのさがしてきてくれたんだよ？」

「……ほう」

史が持っている缶に視線を落とした賢吾が、人の悪い笑みを浮《う》かべてこちらを見た。

「……っ」

史の手の中にあるのは、確かに佐知が持っているものと同じ缶で、どうやら賢吾はすぐにそれが自分からの贈《おく》り物であることに気づいたらしい。反応するな。反応したら負けだ。

「ああ、史坊《ぼっ》ちゃんここにいたんですか。そろそろ行きますよ？」

「はーい」

伊勢崎が部屋に顔を出すと、史は返事をして立ち上がった。

「じゃあぼくいってくるけど、ぱぱおりこうさんにしててね？」

「はいはい」

史は今日、舞桜のところに泊《と》まりに行くことになっている。何でも、舞桜が飼っている猫《ねこ》を見せてもらうらしい。いつの間に舞桜とそこまで親しくなっていたのかと、思わず嫉妬《しっと》しそうになったのは内緒《ないしょ》だ。年の離れた弟がいて、子供の世話は慣れていると言っていたが、舞桜のやつ、子供まで虜《とりこ》にするのか。

史は最初、賢吾を心配していたのだが、微熱《びねつ》程度に熱も下がってきたし、今日は午後から医院も休みなので、佐知が賢吾の面倒《めんどう》を見る、と説得した。ここでずっと賢吾にひっついて心配しているより、たまには楽しんできたほうがいいと思ったからだ。

「じゃあ、いってきます！」

伊勢崎に連れられて部屋を出ていった史を見送ると、賢吾がにやにやしながら話を蒸《む》し返してくる。

「飴、大事に持ってたんだって？」

「勝手に脚色《きゃくしょく》するな！　デスクの中に突《つ》っ込んだまま忘れてたやつが出てきただけだ！」

「気に入ってもらえて嬉しいぞ？」

「人の話を聞けよ！」

賢吾からもらったものを大事にずっと持っていたなんて、知られたくなかった。何とか誤魔《ごま》化《か》せないかと必死で考えるが、賢吾はまったく相手にしてくれない。恥《は》ずかしすぎて死にたい。

「まあ、それはともかくとして……とりあえず食わせろ」

突然《とつぜん》、賢吾が食べていたおかゆを突き出してきた。

「はあ？　今の今まで自分で食べてただろうが。今更《いまさら》病人ぶるなよ」

「お前、史がいない間、代わりに俺の面倒見るって約束したんだろう？　佐知が看病してくれなかったって、史に言ってやってもいいんだぞ？」

「……っ、お前ってやつはっ」

先生に告げ口する小学生じゃあるまいし、脅《おど》しにしては情けないと思ったが、効果は抜群《ばつぐん》だった。どうして看病してくれなかったの？　そう言って悲しそうな顔をする史が頭に浮かんだ時点で、佐知の負けだ。

貸せ、と引っ手繰《たく》るようにおかゆを取り上げ、スプーンで掬《すく》ったおかゆを賢吾の口に押し込む。

「むぐっ……お前、病人には優《やさ》しくするんじゃなかったのかよ」

「但《ただ》し、人のことを脅してくる病人は、病人とはみなさない」

「但し書きがあるなんて汚《きたね》えぞ」

「うるさいっ、さっさと食べろ！」

半ば強制的におかゆを食べさせて、薬を飲ませる。これでとりあえず一段落かと思ったが、今度は汗《あせ》で体がべたべたすると文句を言い出した。

「おい、体拭《ふ》いてくれ」

「……ちっ」

どうやら、史との約束を盾《たて》に取り、今日は徹底《てってい》的に佐知をこき使うつもりらしい。

お湯を張った洗面器とタオルを手に部屋に戻《もど》ってきて、賢吾に脱《ぬ》げと命令する。賢吾は素直《すなお》に浴衣《ゆかた》をはだけさせたが、その逞《たくま》しい体を見て、タオルを絞《しぼ》る手に力が入った。

ちくしょう、意識するな。風呂《ふろ》でも見ただろう。自覚しただけで、同じものを見てもこうも反応が変わってしまうのか。

絶対に顔に出すなと自分に言い聞かせて、タオルで賢吾の体を拭いていく。上半身を拭き終わり、後は自分で、と言いかけた佐知は、言葉を止めてため息を吐《つ》いた。

「……お前、熱があるくせに元気だな」

浴衣の上からでもはっきり分かるくらいに、賢吾のそこが勃起《ぼっき》している。生理現象ではあるが、女を抱《だ》きたくてたまらないと言われているようで面白《おもしろ》くない。指摘《してき》された賢吾は恥ずかしがる様子もなく堂々としたもので、自分でも股間《こかん》を見下ろして笑った。

「何だろうな。疲《つか》れマラってやつかねえ。世話ついでに抜《ぬ》いてくれよ」

「……は？」

「だから、世話ついでに抜いてくれって」

「ふざけんなっ、何で俺がそんなこと……っ」

あっさりした顔で何を言い出してくれてるんだ。一瞬《いっしゅん》聞き間違《まちが》いかと思ったぞ。よくも軽々しくそんなことが言える。

「あー、そうか。まあ、童貞《どうてい》にはハードル高《たけ》えわな」

「ど、童貞!?　いい、今そんなこと関係ないだろうが！」

言ってしまってから、正直に童貞だと白状したようなものだと思ったが、言った言葉は取り消せない。やめろ、冷静になれ。このままでは、いらないことをぽろぽろと言ってしまいそうで怖《こわ》い。

「男同士で抜き合ったりは普通《ふつう》にやるもんだが、お前が童貞だから皆遠慮《えんりょ》して誘《さそ》わなかったんだな。悪《わり》ぃ悪ぃ」

やけに同情的な言い方をされると、馬鹿《ばか》にされているようでかちんとくる。

「お、俺だってそれぐらいやったことあるっ」

「またまた、無理すんなって。無理言って悪かったな。童貞には、ちょっと無理だと俺も思うわ」

やたら無理だと強調され、ますます引くに引けなくなる。皆《みんな》が当たり前にやっていたことをこの年まで知らなかったなんて思われたくない、という気持ちもあった。

「う、嘘《うそ》じゃない！」

「へえ。じゃあ、お手並み拝見と行こうか」

にやりと笑った賢吾に気づかず、佐知はごくりと唾《つば》を飲み込む。要は、自分でやる時と同じ要領で擦《こす》ればいいんだ。ついているものは同じなんだから――

おそるおそる賢吾のボクサーパンツに手を伸《の》ばし、完全に勃起しているそれを取り出す。

「……嘘」

同じじゃないし！

賢吾のそれは規格外の大きさで、佐知の頭はパニックになる。こんな大きいの、どうしたらいいんだ？　と、とにかく、擦ればいいんだよ、な？

そうっと賢吾のものを摑《つか》むと、ひくんと生き物みたいに動いて、思わずばっと手を離《はな》す。佐知のその様子に、賢吾が苦笑《くしょう》を見せた。

「おっかなびっくり触《さわ》んなよ。くすぐってえ」

言われて、意を決してもう一度触《ふ》れる。握《にぎ》っただけでまたびくりと一回り大きくなって、あれが最終形態ではないのかと恐《おそ》れ戦《おのの》いた。どこまで大きくなる気なんだ、こいつは。

自分の時と同じ要領で扱《しご》いてみる。途端《とたん》に賢吾が息を呑《の》む気配がした。

「ふ……っ、お前の手、気持ちいいな」

褒《ほ》められると自信が湧《わ》いてくる。それと同時に、快感で上擦《うわず》る賢吾の声をもっと聞きたいという欲求《よっきゅう》も湧いた。賢吾が、自分の手で感じている。手の中のものがどくどくと脈打つのに合わせて、佐知の呼吸も上がっていく。

賢吾を感じさせているのは自分であるはずなのに、まるで自慰《じい》をしているかのように体が熱くなるのはどうしてだろう。時折ふっと口元を歪《ゆが》める賢吾の色気に、あてられているのだろうか。それとも、気持ちよさげな吐息《といき》のせい？

賢吾の手が、佐知の手に重なる。

「もっと、いやらしく触れよ」

耳元に直接言葉を送り込まれ、背筋にぞくりと電流が走った。口から、あっ、と声が漏《も》れて、無意識に目が賢吾を捉《とら》える。目が合った途端、賢吾の目に剣呑《けんのん》な光が宿った。

「やばい顔してんじゃねえよ」

どさっ、と布団《ふとん》の上に押し倒《たお》される。見下ろしてくる賢吾が怖い。さっと視線を逸《そ》らしたら、片手で顎《あご》を摑まれ、賢吾の顔が近づいてくる。

「人のを擦って、自分も感じてたのか？」

チノパンの上から性器に膝《ひざ》で触れられ、かっと頰《ほお》が熱くなった。違《ちが》うと否定したくても、自分でも痛いぐらいに勃《た》ってしまっているのが分かる。あまりの恥ずかしさに唇《くちびる》をぎゅっと嚙《か》みしめ、目を瞑《つぶ》って消えてしまいたいと願った。そうしたら、賢吾の手がチノパンの前を開いて下着の中に入り込み、佐知の性器に直接触れてきて、佐知は慌《あわ》てて賢吾の手を防ごうと手を伸ばす。

「お、俺はいいからっ、やめろっ」

「こんなに勃ってんのにいい訳ねえだろう？　男同士なんだ、何も恥ずかしがることじゃねえよ」

「で、でも、こんな……っ」

賢吾の指が佐知の先端《せんたん》をぐりぐりと刺激《しげき》し、その気持ちよさに抵抗《ていこう》が弱まっている間に、あっという間に下着ごとチノパンを剝《は》ぎ取られてしまう。

「け、賢吾っ」

「汚《よご》れちまうから脱がせただけだ」

どうして汚れるのか、なんて考えただけで、頭がくらくらする。

本当に皆、こんなことを当たり前にしているのか。そう疑う気持ちが脳裏《のうり》をかすめたが、医学部時代、大学の視聴覚室《しちょうかくしつ》を借り切って、仲間達がAV鑑賞会《かんしょうかい》をしていたことを知っている。

何故《なぜ》か佐知はいつも「お前を呼んだらやばいことになるから」と言われて誘われなかったが、もしかしたらその時に行われていたことなのかもしれない。そうだとしたら、皆陰《かげ》で佐知のことを童貞だと馬鹿にしていたのか。

「ほら、俺のも一緒《いっしょ》に擦ってやるから。一緒なら恥《は》ずかしくねえだろう?」

賢吾の熱いものが、佐知のそれと重なってくる。賢吾の大きな手に一緒に握り込まれると、ずくりと腰《こし》に響《ひび》くような快感は強くなったが、同時に恥ずかしさだって強くなった。

「や、やだ……っ、何かこれ、ぁっ、いやだっ」

「やじゃねえだろ? お前の、すげえがちがちになってるぞ?」

一緒だから、余計に恥ずかしい。相手が賢吾じゃなかったら、ここまでの恥ずかしさを感じずに済んだのかもしれない。他《ほか》の誰《だれ》かだったら、もしかしたら佐知だって、男同士の当たり前のこととして、すんなり受け入れられたかもしれないのに。

やはり自分が賢吾を特別だと思ってしまっているから、他の皆のように当たり前だと思えないのだろうか。

そんな風に自分を分析《ぶんせき》していられたのはここまでだった。最初はゆるゆると馴染《なじ》ませるようだった賢吾の手の動きが、次第《しだい》に激しくなる。そのうち賢吾の腰が揺《ゆ》れるようになると、まるで賢吾とセックスしているかのような、そんな錯覚《さっかく》に陥《おちい》った。

「あ、あっ……ひ、ひぁっ……そこ、だ、めっ」

どちらのものか分からない先走りで性器がぬるぬるとぬめり、敏感《びんかん》な先端を賢吾のものが掠《かす》っていくたびに、体に痺《しび》れるような快感が駆《か》け抜けていく。

「けん、けんごっ、も、はやく……っ、ぁ、あっ」

早く達して終わりにして欲しい。このままでは自分だけが先に達《い》ってしまうと訴《うった》えると、賢吾の指が性器を滑《すべ》り、陰嚢《いんのう》の下の会陰《えいん》にぐっと押し込まれた。

「ア……ッ！」

一瞬、雷《かみなり》に打たれたのかと思った。びりびりと痛みのような快感が体を伝う。目の中で火花が散って、ちかちかと明滅《めいめつ》した。

「い、いやっ、やだっ、あ、あっ……けんご、いやっ、いやぁっ」

くりくりと刺激されるたびにやってくる、痛みとも快楽ともつかない感覚が怖い。賢吾の腕《うで》を摑んでやめさせようとするのに、握るのが精一杯《せいいっぱい》で、力など入らなかった。

会陰を刺激する指はそのままに、他の指がするりと後孔《こうこう》に触れ、つぷりと指の先端が入ってくる。先走りで濡《ぬ》れた指の先端を馴染ませるように出し入れされ、それは嫌《いや》だと思うのに、佐知の口から漏れるのは嬌声《きょうせい》だけだ。

「ひ、ぁっ、あ、だめ、賢吾っ」

「風俗《ふうぞく》では有名なサービスだ。腰が抜けるほどいいんだってよ。何事も経験だろう？」

そんなもの知らない。何が風俗だ。手慣れたお前と一緒にするな。そう悋気《りんき》を起こしかけたタイミングで、中の指がくるりと粘膜《ねんまく》を撫《な》でる。同時に性器を擦られれば、何もかもどうでもよくなってしまう。

だって、気持ちがいい。気持ちがよすぎて、無意識に腰が揺れる。指を増やされても、違和《いわ》感《かん》よりも快感を拾うようになっていく。

自慰は何度もしてきたが、こんな風に切羽詰《せっぱつ》まって達したいと思ったことなど、これまで一度もなかった。自ら追い上げることに空《むな》しさすら感じて、ただ事務的にこなすようになっていた。

自分の手でするのとはまるで違う。達くことだけしか、考えられなくなる。

「賢吾、けんごっ、ぁっ、あ、いき、たいっ、も……いくっ」

「お前だけ、達くのか？」

ぺろりと耳朶《じだ》を舐《な》めながら、賢吾がそう囁《ささや》いた。

「俺を、達かせてくれるはずだっただろう？」

「あ、あっ、でも……っ、あ、あ！」

もう、本当に達きたくてどうしようもないのだ。賢吾のものに指を絡《から》める余裕《よゆう》なんてないぐらいに。

「だったら、二人で一緒に達ける方法があるぞ？　それでいいな？」

賢吾の言葉に、深く考えずにうんうんと頷《うなず》く。何でもいいから、達かせて欲しい。今達くことができたなら、きっと震《ふる》えるほどに気持ちがいいと思った。

だが、次の瞬間《しゅんかん》快感など吹《ふ》き飛ぶ。

「それは、いやだっ！」

指を抜《ぬ》いた賢吾が、後孔に自分の性器を押しつけてきたのだ。

「ちっ、正気づきやがった」

賢吾を押し退《の》けようとした両手を床《ゆか》に押しつけられて、そうしてそのまま、性器を押し込まれそうになる。

「賢吾っ、やめろって言ってるだろう!?」

「何でだ」

ぐっ、と至近距離《きょり》で歯を食いしばった賢吾が吐《は》き捨てるように言った。

「俺がやくざだからか？　それがそんなに嫌なのか？」

「やめ……っ、賢吾！」

そうしている間にも、じりじりと賢吾のものが押し込まれて、とうとう先端がくぷりと入ってくる。

「あ、やだ……っ、いやっ」

「やくざにならなけりゃ、お前は俺のもんになってくれたのかよ」

「俺は……っ、俺はっ、お前のものになんか……っ」

なりたくない。対等でいたい。すぐに捨てられるような、替《か》えがきくようなものになりたくない。

「何と言われても、俺はお前を離してやれねえ」

「いやだ、やめろ……っ！　あ……あっ、いやっ」

ゆっくりと、賢吾が中に入ってくる。悔《くや》しさに唇を噛みしめて、賢吾を睨《にら》みつけた。何でこんなことをするのか。後戻《あともど》りができなくなってしまうのに。

「俺を、その辺の女と一緒にするな……っ!!」

瞬間、殴《なぐ》られたのかと思った。それほどの衝撃《しょうげき》。がつんと何かが口にぶつかって、驚《おどろ》きに目を見開くと、ぶれるほど近くに賢吾の顔があった。

「んん……っ!」

キスされている。だがそれは、観覧車でされた初めてのキスとは比べ物にならないぐらいに荒々《あらあら》しく、入り込まれた舌に呼吸さえ奪《うば》われた。どこかが切れたのか、血の味が混じる。

「ん、んぅっ……ん、んぁっ」

飲み込み切れなかった唾液《だえき》が顎を伝うほど、執拗《しつよう》で激しいキス。そのキスに翻弄《ほんろう》されている間に、ずんっと賢吾の腰が奥まで突《つ》き込まれた。

「ひぁ……っ、あ、うそ、やだ……っ、ばかっ」

「お前が、その辺の女と一緒……？　ふざけてんじゃねえぞ!」

だんっ!　賢吾の拳《こぶし》が佐知の顔の真横に叩《たた》きつけられ、その剣幕《けんまく》に身を竦《すく》ませる。怒《おこ》りたいのはこちらだと言えないほど、賢吾の表情はきついものだった。

「今まで、ずっとそんなこと思ってやがったのか？　俺が、お前を他の女と一緒にするって？」

「お、俺は……っ、お前とはずっと対等な関係でいたいって……」

「対等？　は、ふざけろよ。対等な訳なんかねえだろうが」

言葉に、心臓を貫《つらぬ》かれたかと思った。佐知にとっては、それは何より重要なことだったのに、賢吾はさもくだらないと言わんばかりに鼻で笑う。

「俺とお前が対等だったことなんか、一度もねえよ」

「そ、そんな……だって、だって俺は……っ」

お前の幼馴染《おさななじ》みで、生まれた時からずっと一緒で、誰よりお前のそばにいて、だからお前の特別で――

「お前は何にも分かっちゃいねえ」

言葉の刃《やいば》で佐知を傷つけたはずの賢吾が、まるで自分こそが傷つけられたような顔をする。くしゃりと歪《ゆが》められた表情の中に、確かに苛《いら》立《だ》ちが見えた。

「お前は一度、俺を捨てただろうがっ、そんなお前と俺が対等な訳ねえだろう！」

ひぐっ、と喉《のど》が変な音を立てる。大学病院に勤め、医院は継《つ》がないと決めたあの時、確かに自分は賢吾の存在を捨てようとした。無意識的にではあったが、賢吾への恋心《こいごころ》を自覚した今なら、あれが逃《に》げだったのだと分かる。

「ほんとはいつだって、お前のこと手に入れてやろうと思ってた。けど、どうしたってもう二度と戻《もど》ってくる気はないって言った、あの時のお前の姿がちらつく。俺がずっとビビってたって、そんなことお前は知らねえだろうが」

そんなこと、まったく知らなかった。佐知がこの町に戻ってきた時だって、賢吾はまるで昨日も会ったみたいに軽い調子で『よう』と言っただけで、そんなそぶりなど一度も見せなかったのだ。風邪《かぜ》をひいた初めの日、二度といなくなるなと言われて、少しは賢吾も傷ついたのかと思ったが、賢吾がまた佐知がいなくなることに怯《おび》えていたなんて、にわかには信じられない。

「けど、もうやめだ。俺はもう遠慮《えんりょ》なんかしねえからな。お前が泣いても喚《わめ》いても、俺のもんにする」

ぐっ、と賢吾が腰《こし》を揺《ゆ》り動かした。捲《めく》れ上がったシャツのせいで露《あら》わになった乳首《ちくび》を捻《ひね》り上げて、痛みと快楽を同時に与《あた》えられ、もっと話をするべきなのに、それができなくなる。

「あ、やめ……っ、あ、あ」

佐知が思うよりずっと、賢吾が自分を特別だと思っていてくれたことは嬉《うれ》しいが、賢吾は肝《かん》心《じん》な言葉は何も言わなかった。ただ、佐知を自分のものにすると言っただけだ。だけど、佐知は賢吾のものになんかなりたくない。

確かに佐知は賢吾のことを何も分かっていなかったのかもしれないけれど、賢吾だって佐知のことを何も分かっていないと思った。

「け、けんごっ……あ、あ、まって、まっ、て……っ」

必死で訴えるが、賢吾の腰の動きは止まるどころか余計に激しくなり、嬌声以外を言葉にするのが難しくなる。今するべきなのはこんなことなんかじゃなくて、話をすることなのに。

「待たねえ」

それ以上の言葉を拒否《きょひ》するようにキスをされ、賢吾の手が佐知の性器に伸《の》びる。触《ふ》れられて初めて、自分のそこが濡《ぬ》れそぼってぬるぬるであることを自覚して、そのよさに意識が飛びそうになった。

「あ、賢吾っ、そこ……っ、触《さわ》ったら、だめ、ぇっ」

「逃がさねえからな、佐知。お前がどんなに嫌《いや》でも、今度は絶対……っ」

賢吾の腰がぶるりと震える。奥にびしゃりと放たれ、初めてのその感触《かんしょく》に体が驚いて、反射的に佐知の性器からもぶしゅりと白濁《はくだく》が噴《ふ》き上がった。

「ひぁっ、ぁ……っ、やだ、やめ……けんごっ、まって……あ、あっ」

顎《あご》まで飛んだ佐知の白濁を、賢吾の指が拭《ぬぐ》う。その感触にすら体が震えるのに、賢吾は佐知を苛《さいな》むのを止めず、腰を動かし続けて何度もキスをした。

「今まで、どれだけ我慢《がまん》したと思ってる。この程度で、止まる訳がねえだろうがっ」

「やだ、いや……っ、あ、けんご、けん、ご……っ！」

ぐいっ、と力強い腕《うで》に無理矢理《むりやり》起こされ、賢吾の膝《ひざ》の上に乗せられる。シャツを脱《ぬ》がされ、掬《すく》い上げられるようにキスをされ、佐知はとうとうぼろぼろと涙《なみだ》を流した。

「ばかっ、あ、あ、けんごの……ばかっ」

こんな風にされて悔しいのに、腰が動いてしまう。体はもっと快楽を貪《むさぼ》ろうとする。こんなの嫌なのに。嫌な、はずなのに。

「もう、馬鹿《ばか》でも何でもいい。確かに今、お前が可愛《かわい》すぎて頭が馬鹿になりそうだしな」

賢吾の舌が、べろりと佐知の乳首を舐《な》める。途端《とたん》にびくんと体が跳《は》ねて、賢吾にくすりと笑われた。

「やだやだ言ってるわりには、いい反応するじゃねえか」

「うる、さい……っ」

そこで話さないで欲しい。息が乳首をくすぐって、それだけで期待に背筋が震《ふる》える。何てあさましい体。自分がこんなに快楽に弱いだなんて、知りたくなかった。それから、賢吾がこんなに手慣れていることも。

今まで賢吾が抱《だ》いたたくさんの女達の存在が、どうしてもちらつく。こんな風に抱いて、そしてこんな顔をしてみせたのか。そう思うだけで悔しい。

「体は、俺を好きみたいだな。きゅうきゅう絞《しぼ》って、俺のこと歓迎《かんげい》してるぞ」

「ち、ちが……っ、あ、や、だめ……っ」

ずん、と下から突き上げられると、今までと違《ちが》った角度で穿《うが》たれた賢吾のものが、佐知のいいところに当たる。それまでとは段違いの気持ちよさに、歯を食いしばっても耐《た》えきれない。

「あ、ああ、そこ、そこが、いいっ、あ、そこ……っ、すごいっ」

理性がぽんと飛んだ。

「いく、いくっ……も、いっちゃうからっ」

「達《い》ってもいいが、ちゃんとイキ顔見せろ」

「あ、やだっ、やだ、ぁっ」

賢吾の手が、佐知の顎を摑《つか》む。そのまま賢吾の顔を見るように強要されて、嫌なのに腰の動きは止まらない。だって、そこに当たるととんでもなく気持ちよくて、たまらない。

「もう、達くか？」

「いく……っ、いく、やだっ、見ない、でぇっ」

達く瞬間《しゅんかん》、恍惚《こうこつ》に蕩《とろ》けた顔を隠《かく》すこともできずに賢吾に晒《さら》す。ひくひくと余韻《よいん》に震える後孔《こうこう》につられて、緩《ゆる》やかに腰が揺れ続けてしまって、そうするとまた中で固いままの賢吾のものに煽《あお》られ、嬌声《きょうせい》が口をつく。

そこから先の、記憶《きおく》はない。ただ自分の甘い声と、賢吾が佐知と呼ぶ声だけが、耳に残っていた。


何だかすごく気持ちがいい。うとうととしたまどろみの中で佐知は思う。

体が温かいものに包まれている感じ。すごく安心できて、心地《ここち》よい。ずっとこのままでいたいが、遠く聞こえるスマホの目覚まし音がそれを邪魔《じゃま》した。

「ん……」

目を瞑《つぶ》ったままもそもそと手を動かしてスマホを探すと、佐知の手がスマホに触れる前に目覚まし音が止まる。

「起きろ、佐知。仕事休む気か？」

「う……おき、る？」

優《やさ》しく誰《だれ》かに体を揺すられ、頭が覚醒《かくせい》し始める。そうだ、仕事に行かなければ。ん？　あれ？　俺、誰に起こされて――

「――!?」

目を開ける前に昨夜《ゆうべ》の顛末《てんまつ》を思い出し、佐知の体がかちんと固まる。

そうだ、昨日は賢吾と――

思った瞬間、色々なことが頭の中にぶわっと浮《う》かんできて、静かにパニック状態になった。

「おい佐知、起きてんのは分かってるからな。無駄《むだ》な抵抗《ていこう》はやめろ」

確認《かくにん》しなくても、自分が今賢吾の腕に抱かれているのは分かった。しかもお互《たが》い裸《はだか》のままで。おそるおそる顔を上げる。こちらを見ていた賢吾とばっちり目が合って、佐知は慌《あわ》てて賢吾の胸に顔を埋《うず》めた。もしかして、ずっと寝顔《ねがお》を見られていたのか？　死にたい。

「あんまり可愛い反応すんな。またやりたくなるだろうが」

「か、可愛いとか言うなっ！」

男として、そればかりは許容できない。改めて顔を上げて抗議《こうぎ》すれば、賢吾はやけに開き直った調子で言った。

「昨日のこと、俺は謝らねえからな。それから、もし逃げたら草の根分けても探し出して、二度と逃げられねえように監禁《かんきん》する」

「か、監禁？」

「お前が何と言おうが、お前は俺のもんだ。もう俺がそう決めた」

「何で急にそんなこと勝手に――」

「お前、俺のこと好きだろう」

「…………え？」

言われた言葉が唐突《とうとつ》すぎて、一瞬《いっしゅん》頭が真っ白になった。その確信ありげな様子に、そんなことがある訳ないだろうと笑い飛ばすチャンスを逃《のが》す。

「それが分かったから、もう遠慮しねえことに決めた」

「いや、何を……え？　何で？　は？」

何か反論したいが、言葉が出てこない。分かった？　何で？

「お前が諦《あきら》めるまで、全力でいくからよろしく」

こちらの返事も聞かないで、ちゅっと佐知の額にキスを落とした賢吾が、佐知を置いてよいしょと起き上がる。

「昨日汗《あせ》かいたお蔭《かげ》か、熱もすっかり下がった。お前といちゃいちゃしてたいのは山々だが、今日は急ぎの仕事があるんでな。俺は先に出るが、体があんまり辛《つら》いようなら、お前は無理するなよ？」

裸のまま布団《ふとん》を出て、ぐしゃぐしゃになっていた浴衣《ゆかた》を拾って身に纏《まと》おうとする賢吾の背中には、誰かがひっかいたような傷があって、それに釘《くぎ》づけになった佐知の視線に気づいた賢吾が、にやりとした笑《え》みを向けてくる。

「爪《つめ》立てるぐらい善《よ》がってもらえて本望《ほんもう》だから、気にすんな」

返す言葉がなくて口をぱくぱくさせる佐知に笑いながら、賢吾は部屋を出ていった。後に残されたのはパニック状態の佐知だけ。

賢吾と、やってしまった。しかも、賢吾に気持ちがバレている。それで賢吾は佐知を自分のものにすると決めて、遠慮《えんりょ》しないって言って……

考えているうちに、だんだん腹が立ってくる。勝手なことばかり言いやがって。お前が俺のことを好きだって分かったから俺のものにする？　相手が自分のことを好きなら、何をしてもいいのか。

確かに賢吾のことが好きだ。それはもう、自分でも誤魔化《ごまか》せないところまできていると思う。だが、だからと言って賢吾のものになりたいか、と聞かれれば、間違《まちが》いなく答えはノーなのだ。賢吾は肝心《かんじん》なことが分かっていない。佐知だって男だ。誰かのものになるより、ものにしたい。それができないなら、対等な立場で隣《となり》に立っていたい。

賢吾は、佐知のことが好きなんだろう。昨日のあれでそれが分からないほど子供ではないつもりだ。だが、それは子供が大事なおもちゃを独り占めしたがるのと同じ《じ》ではないのか。自分達は幼い頃《ころ》からそばにいすぎた。独占欲《どくせんよく》と恋《こい》をはき違えているだけなんじゃないか。どんなに大事だと思っていても、いずれおもちゃには飽《あ》きる。そうなってしまった時、また元《もと》の二人に戻れるのかと言われたら、佐知には無理だと答えるしかない。

寝てみて分かった。佐知は恋には向いていない。賢吾に抱かれている最中も、手慣れた賢吾の様子を見るたびに、これまで賢吾が抱いたであろう女の存在を感じて悋気《りんき》を起こした。もしこれで賢吾と付き合いでもしたら、自分は嫉妬深《しっとぶか》くて口うるさい、最低の恋人になるだろう。

別れのその時がきたら、きっとみっともなく取り乱して、へたをしたら賢吾を殺して自分も死ぬ、なんてことを言い出しかねない。それぐらい佐知の気持ちは重い。だったら、このまま幼馴染《おさななじ》みとして特別なままでそばにいたいという気持ちを、どうして分かってくれないのか。

「俺は、お前と恋なんかしたくない。分かれよ、馬鹿」

賢吾の温《ぬく》もりの残る布団に包《くる》まり、ぼそりと呟《つぶや》く。ふわりと賢吾の香《かお》りに包まれた気がして、佐知はぎゅっと目を瞑った。

この温もりを、匂《にお》いを、恋しいなんて思ってはいけない。

「次の人、どうぞ」

午前の診察《しんさつ》時間もあと少し。重だるい体を誤魔化し誤魔化しここまできたが、正直座っているのも辛い。体のあちこちは痛いし、言いたくない場所はぼってりと腫《は》れて今も何かが入っているみたいに変な感じだし、賢吾に散々弄《いじ》り回された乳首《ちくび》もやけに敏感《びんかん》になってしまっていて、服が擦《こす》れるだけでじんと疼《うず》いてしまう。

それもこれも賢吾のせいだ。カルテを書き終えたボールペンをみしりとへし折りそうになりながら、平静を保つ。ここには、舞桜も史もいる。特に舞桜は聡《さと》いところがあるから、変な行動をとって悟《さと》られたくない。

「失礼します」

「あれ？　伊勢崎？」

入ってきたのは、スーツ姿の伊勢崎だった。もしかして賢吾も一緒《いっしょ》かと身構えたが、後ろから賢吾が入ってくる様子はなくて胸を撫《な》で下ろす。

「どうしたんだ。もしかして、賢吾の風邪《かぜ》でももらったのか？」

「いいえ。俺は心配性《しんぱいしょう》の若の命令で、様子を見にきただけですよ」

「様子？」

「ええ。……舞桜、史坊《ぼっ》ちゃんを連れて出ていてくれるか？」

「はい」

伊勢崎の言葉に、舞桜が史を連れて診察室を出ていく。伊勢崎と二人きりになった佐知は、居心地《いごこち》の悪さに落ち着きなくボールペンをころころと転がした。

伊勢崎の今の口ぶりだと、賢吾が余計なことを言ったに違《ちが》いない。佐知と賢吾が喧嘩《けんか》をすると、伊勢崎はよく仲裁役《ちゅうさいやく》に駆《か》り出されていたが、今回はそんな簡単な話じゃないんだ。

「診察の邪魔しにきたのか？」

「ご心配なく。患者《かんじゃ》は俺で終わりです」

「お前は患者じゃないんだろう？」

「どこぞの二人が馬鹿馬鹿《ばかばか》しいすれ違いを繰《く》り返すお蔭で、精神的ストレスで体調がすぐれないんで、薬でも出していただきましょうかね」

「……専門外だよ」

ぷいっと視線を逸《そ》らすと、伊勢崎はふっと笑いながら診察台に腰掛《こしか》けた。

「冗談《じょうだん》ですよ。別に佐知さんを説得しようとか、そんなつもりで来た訳ではないので、そう身構えないでくださいよ。俺はただ、昨日若が佐知さんに積年の思いの丈《たけ》をぶつけた結果、佐知さんの腰が立たなくなっているかもしれないから様子を見てこい、と言われただけなので」

「……っ！」

　くっそ、賢吾のやつ、べらべらと話しやがって。あいつの辞書に、羞恥《しゅうち》って単語はないのか。

「怒《おこ》るのは構わないんですがね。うちの若はああ見えても繊細《せんさい》なんで、あんまりいじめないでやってください」

「あいつがいじめられるタマか。ぼろぼろなのは俺のほうだ」

「確かに、若はいじめられるようなタマではありませんが、佐知さんだけは特別です。佐知さんだって、分かっているんでしょう？　俺から言わせてもらえば、お二人は本当にじれったくて仕方がないんですが、いい加減収まるところに収まってもらえませんかね」

「……あいつは、俺をあいつのもんにするって言うんだ。けど、俺はあいつのもんになんかなりたくない。それは間違ってるか？」

　昨日のことは、佐知の頭の中をぐちゃぐちゃにして、普段《ふだん》なら伊勢崎相手にこんな話をしたりしないのに、どうしても聞いてみたくなった。

　終わりの見える恋なんかしたくない、このままそばにいたいと思う自分は間違っているのか。

「なるほど。若も大概《たいがい》言葉が足りない。もっと他《ほか》に言いようがあるでしょうに。女を口説くみたいに言われては佐知さんも頷《うなず》けない、と。ただ、一応のフォローをさせていただくなら、若はあなたが思っているほど、軽い気持ちでそのセリフを言ったわけではないと思いますよ？」

「軽いとか重いとかの問題じゃないだろう。むしろ重いほうが余計に腹が立つ」

「あの人は、ただ必死なだけなんですよ。あなたが思うよりもずっとね」

伊勢崎が、まるで憐《あわ》れむような視線を向けてくるから、佐知は訳が分からずに首を傾《かし》げる。

「佐知さんは、若がどうしてやくざになったか知っていますか？」

「……組員は家族だから、あいつらが路頭に迷わないようにって、あいつはそう言ってた」

「確かに、それも嘘《うそ》ではない。ですが、一番肝心な理由が抜《ぬ》けていると、俺は思いますね」

「一番肝心な理由？」

「俺だったら、それこそそれを盾《たて》に取って、恩着せがましくあなたにアピールするんですがね。若はあなたに負い目を感じさせたくなかったようですよ？」

「俺……？」

賢吾がやくざになった理由に、佐知が関係していると言うのか。そんなことがあるはずがない。佐知は一度も賢吾にやくざになれなんて言ったことなんかないし、なって欲しくもなかった。幼い頃から東雲組とは懇意《こんい》にしてきて、彼らの人となりを知っているが、世間はそうではない。やくざというだけで、様々な制限が課せられる。賢吾なら、一般《いっぱん》人として会社を興《おこ》し、大きくできたはずだ。そうして外から組員を助けてやることだって、できたはずなのに。

訝《いぶか》しむ佐知の表情に伊勢崎はくすりと笑って、メガネのブリッジを指で押し上げる。

「若が組を継《つ》ぐと決めた当時、雨宮医院の周辺が商業施設《しせつ》の建設候補地に入って、他所《よそ》の組の系列企業《きぎょう》から立ち退《の》きを迫《せま》られていたのを、佐知さんはご存知でしたか？」

「……立ち退き？」

「そうです。そして、若が組に入った後、立ち退きを迫っていた他所の組の系列企業はうちの組の傘下《さんか》に入ることになり、建設候補地は別の場所になった。どうです？　何となく見えてきませんか？」

「嘘、だろ……あいつ、もしかしてうちの医院を守るために……」

「それは正確ではありませんよ。佐知さんの居場所を、守るためだったんじゃないですかね」

「何だよ、それ……」

「それなのに誰《だれ》かさんは、家は継《つ》がない、ここには帰らない、なんて言ってくれて、あの時の若の荒《あ》れようと言ったら、本当にとんでもなくうざかったですよ」

ずっと、やくざになった賢吾のことが大嫌《だいきら》いだった。やくざになったお前なんか嫌いだと、本人にも何度もそう言った。賢吾はいつも言い訳一つすることなく、ただそうかと笑うだけだったのに。

「……何で言わないんだよ、あの馬鹿《ばか》」

「お前のためにやくざになったなんて、恰好《かっこ》悪すぎるだろう？」

「え？」

「以前、酔《よ》っ払《ぱら》った時にぽろっとそう零《こぼ》してました」

後ろ手に診察台に手をついた伊勢崎が、医院を見回す。

「今ここがこうしてあるのは、若のお蔭《かげ》です。それだけは佐知さんに分かっていただきたくて、余計なおせっかいを焼きました。後で若に殴《なぐ》られたら、ただで診《み》てくださいよ?」

そうしてくすりと笑って立ち上がった。

「さ、昔話はこのぐらいにして、本題に入りましょうか。若から頼《たの》まれてお預かりしているものがあります。俺は、医院にもあるんじゃないかと言ったんですがね」

どうぞ、と手渡《てわた》された袋《ふくろ》を開けて、佐知はわなわなと袋を持つ手を震《ふる》わせる。ここまでのいい話が台無しだ。あいつ馬鹿じゃないのか? 馬鹿じゃないのか⁉

「どうしても自分で塗《ぬ》るのは恥《は》ずかしいということでしたら、僭越《せんえつ》ながら俺が塗って差し上げますが」

にやりとしたり顔で笑う伊勢崎に、ばんっと袋を突《つ》き返す。

「……死ね、と伝えてくれ」

「ははは、了解《りょうかい》しました。今日はどうしても抜けられない会合がありまして、夕飯はいらないとのことです。それから、くれぐれも体を大事にするようにと」

ちゃんと伝えましたからね。そう言って部屋を出ていこうとする伊勢崎の腕《うで》を摑《つか》んで引き止める。

「伊勢崎!……その、ありがとう」

伊勢崎が話してくれなければ、佐知は賢吾がやくざになった本当の理由を知らないままだった。知らないままで、やくざになった賢吾なんて嫌いだ、と言い続けていただろう。

伊勢崎が、殴られたら、と言ったのは決して冗談ではなく、それなりの覚悟《かくご》を持って話をしてくれたはずだ。おそらく佐知のためではなく賢吾のためだろうとは思うが、伊勢崎には感謝する気持ちしかない。

それでも、面と向かって礼を言うのはいくつになっても妙《みょう》に気恥ずかしくて、伊勢崎を見上げる佐知の頬《ほお》に赤みが差した。

「……若が心配するのも分かるな。佐知さん、そういう顔は若以外には見せないことをお勧《すす》めします」

「は？」

「お願いですから、若を犯罪者にさせないでくださいね。やくざ者にはただでさえ厳しい世の中なので」

「ええ？」

俺は今、どういう顔をしたんだ？

佐知が頭にはてなマークを浮《う》かべている間に、伊勢崎は「くれぐれも頼みましたからね」と言いながら、診察《しんさつ》室を出ていく。入れ違いに史を連れて入ってきた舞桜が、伊勢崎の姿を見送ってから言った。

「佐知さんが伊勢崎さんと話をしている間に、お弁当を買ってきました。ね、史くん」

「うん！　ぼくがもってかえってきたんだよ？　さち、ぼくえらい？」

「おお、えらいえらい！　じゃあ、史が買ってきてくれたお弁当を、さっそく食べようかな」

色々考えるべきことはある。だが、その全《すべ》てを後回しにすることにした。まだ午後の診察が残っている。

その後でゆっくり考えたい。賢吾のこと、自分のこと。それから、二人のことを。


午後の診察時間が終わり、佐知と舞桜が医院を閉める準備をしている間、史は待合室で絵本を読んでおとなしく待っているのが常だ。今日も例に漏《も》れず、待合室のソファで足をぶらぶらさせながら絵本を読んでいる史の姿を確認《かくにん》して、診察室で診察に使った器具を片付けている舞桜の手伝いに向かった時に、それは起こった。

がしゃん、という音が待合室のほうから聞こえて、佐知と舞桜は顔を見合わせて慌《あわ》てて駆《か》け出す。

「……うわあああっ、さちぃぃぃぃ！」

「うるさいっ、静かにしろ！」

待合室へ飛び込むと、そこには泣き叫《さけ》ぶ史を抱《かか》えて頭に拳銃《けんじゅう》を突きつける男の姿があった。

「一雄……っ⁉」

男は、先日デパートで会ったばかりの一雄だった。あの時は笑顔《えがお》で別れたはずなのに、どうして一雄がこんなことをしているのか分からず、佐知は何でと叫んだ。

「お前っ、何でこんな馬鹿なことするんだ！　史が一体お前に何をしたって言うんだよ！」

「はは、こいつは賢吾の息子《むすこ》なんだろ？　俺にはそれだけで、十分にこいつを殺す動機があるんだよっ」

血走った眼《め》、無精《ぶしょう》ひげ、よれよれの服。見るからに普通《ふつう》じゃない雰囲気《ふんいき》を醸《かも》し出している。先日会った時はこんな風ではなかった。たった数日でこんなにも変わるものなのか。それとも、あの時のほうが演技だったんだろうか。

「ほんとはあの爆弾《ばくだん》でお前らが死んでくれりゃあいいと思ったんだけどな、思ったより火力が弱くて失敗しちまった。賢吾のやつ、今頃血眼《いまごろちまなこ》で犯人捜《さが》ししてるはずだからな。どうせそのうち見つかるなら、こっちから仕掛《しか》けてやろうと思ってよ！」

屋敷《やしき》にペットボトル爆弾を投げ込んだのも、一雄だったのか。

もしかしたらこいつは本当に引き金を引くかもしれない。そう思うとさあっと血の気が引いて、自分の手が冷たくなるのを感じた。

「あいつはなっ、俺の人生をぶち壊《こわ》しやがったんだ！　せっかく、せっかくあともうちょっとでやり直せるとこだったのにっ！」

「やめろっ！」

感情の昂《たかぶ》りに合わせるように、史に突きつける拳銃を握《にぎ》る手に力が入るのを見て、佐知は必死に一雄を説得しようとする。史の表情は真っ青だが、気丈《きじょう》にも涙《なみだ》を必死で堪《こら》えていた。とにかく、史を助けなければ。

「俺が代わりに人質《ひとじち》になるから。だから、史を放してやってくれ」

一雄を刺激《しげき》しないように、落ち着いた声を出すように心がける。そうして一雄を見つめながら、佐知は先日商店街で聞いた話を思い出していた。

一雄がギャンブルにハマって借金をして鉄工所を潰《つぶ》したと聞いたが、詳《くわ》しい内容までは聞いていない。だが、親父《おやじ》さんが賢吾に感謝していたという話だし、これまでの一雄の態度からも、賢吾が関係していたのは間違《まちが》いないだろう。その際に、一雄の恨《うら》みを買ったということか。

「……賢吾のやつ、昔からお前には異常に執着《しゅうちゃく》してたよな。お前が死んだら、あいつどんな顔するかな」

一雄が、持っていた拳銃を佐知に向ける。逃《に》げずにじっと見つめ返すと、一雄がくくくと笑った。

「よし、お前らも連れていくことにしよう。このガキ殺されたくなかったら、分かってるよな？」

拳銃がまた史に向けられて、佐知はこくこくと頷《うなず》く。ここは一雄の言う通りにするしかない。チャンスを待つんだ。

巻き込んで申し訳ないと舞桜に視線を向けると、舞桜は佐知を安心させるようににこりと笑みを返してくれた。佐知などより、よほど肝《きも》が据《す》わっている。この状況《じょうきょう》にも拘《かか》わらず、舞桜はひどく落ち着いて見えた。ただ、しきりに指に嵌《は》めている指輪を弄《いじ》っているから、内心では緊《きん》張《ちょう》しているのかもしれない。

できることなら舞桜だけでも解放してやって欲しい。そう一雄に頼もうと口を開きかけた佐知だったが、それより先に舞桜が一雄に話しかけて、佐知はその内容に驚《おどろ》いた。

「賢吾さんと連絡《れんらく》を取りたいなら、佐知さんのスマホを使うべきです。賢吾さんはどんなに忙《いそが》しい時でも、佐知さんからの電話にだけはすぐに出ますから」

「え？」

これまで賢吾に電話する用事などほとんどなかったが、かけた時にはすぐに出るのが当たり前だった。仕事をしているから、肌身《はだみ》離《はな》さずスマホを持ち歩いてるんだな程度にしか考えていなかったが、そうじゃなかったのか。

「へえ。何でそんなことを俺に教えてくれるんだ？」

「賢吾さんと連絡が取れない限り、俺達が解放されることはないんでしょう？　それなら、一刻も早く連絡を取ってもらいたいだけです。正直言っていい迷惑《めいわく》ですよ。俺はただここで働いているだけで、何の関係もないのに」

「なるほど。まあ確かに、それなりに説得力があるな。おい、スマホを出せ」

蓮《はす》っ葉な舞桜の言い草にショックを受けながら、白衣のポケットから出したスマホを差し出す。ただ、賢吾に連絡を取ってさえくれれば、賢吾が何とかしてくれるんじゃないかという淡《あわ》い期待もあった。

だが一雄は、佐知から受け取ったスマホを床《ゆか》に落とす。かしゃんと音を立てたスマホを、更《さら》に上から何度も踏《ふ》みつけた。

「けど俺は、それに騙《だま》されるほど甘くねえんだよ！　スマホはその気になりゃ位置情報検索《けんさく》できるからな。俺に持ち歩かせたかったんだろうが、残念だったな！」

ははは、と一雄が勝ち誇《ほこ》ったように笑いながら、同じく差し出させた舞桜のスマホも踏みつける。それを眺《なが》めて、舞桜が悔《くや》しそうに舌打ちをした。一瞬《いっしゅん》でも舞桜に幻滅《げんめつ》しそうになった自分が申し訳なくて、佐知は罪悪感でいっぱいになる。

「希望が絶望に変わったところで、ご足労願おうか」

史に拳銃を突《つ》きつけたままの一雄に脅《おど》されながら、医院の裏手に回る。そこには一台の軽トラックが停《と》められていた。箱型の荷台の扉《とびら》を開けた一雄に促《うなが》されて中に入る。がしゃりという音と共に外から扉を閉められ、佐知は慌てて扉に縋《すが》りついた。

「史！　史！」

拳《こぶし》で扉を叩《たた》いて名前を呼ぶが、頑丈《がんじょう》な扉はびくともせず、外の声も届かない。おそらく中の声も外に届かないのだろうということは想像に難《かた》くなく、佐知はがんっともう一度扉を叩いてから項垂《うなだ》れた。

「佐知さん、大丈夫です。助けは来ます」

「舞桜？」

やけに確信に満ちた舞桜の言葉が不思議で、佐知は暗闇《くらやみ》の中で舞桜の姿を探して目を凝《こ》らす。暗闇に目が慣れると、何となく舞桜のいる場所が把握《はあく》できた。

「今頃、賢吾さん達も異変に気づいているはずです。賢吾さん達が来てくれるまで時間さえ稼《かせ》げれば、三人共助かりますよ」

「けど、居場所が分からないのに探しようがないんじゃ——」

「今その辺りのことを説明している時間はありません。でもとにかく大丈夫ですから、今は時間を稼ぐことだけを考えてください」

「わ、分かった」

早口で告げる舞桜の剣幕《けんまく》に圧《お》され、とりあえず頷く。だけど時間を稼ぐと言ったって、どうすればいいのか。

「佐知さんはあの一雄という人と同級生なんですよね？　あの人が食いつきそうな話題とかないですか？」

「同級生と言っても、一雄は目立つタイプじゃなかったし、俺もそう仲がよかった訳じゃないんだ」

しばらく考えてみたが、やはり駄目《だめ》だった。それから、二人でどうやって時間を稼ぐか相談したが、いい考えはなかなか浮《う》かばない。

「……不本意ですけど、こうなったら色仕掛けでも何でもして——」

その時、車が止まった。言葉を止めてじっと耳を澄《す》ませて外の様子を窺《うかが》っていると、扉が開く。

「降りろ」

そうして降ろされた佐知と舞桜が見たものは、見知らぬ廃墟《はいきょ》だった。だが、時間はそうかかっていないから、距離《きょり》的には遠くないはずだ。

史を人質に取られた佐知と舞桜は言われるままに中を進み、がらんとしたコンクリート製の部屋に連れてこられた。電気は通じていないらしく、外から入ってくる月の光が唯一《ゆいいつ》の光源だったが、今夜が満月のせいか、意外に明るい。

「抵抗《ていこう》したら、すぐにガキを撃《う》ち殺すからな」

二人はそれぞれ足と手を縛《しば》られて転がされた。後ろ手に縛られた手が痛いが、文句を言える状況ではない。そうして史を椅子《いす》に括《くく》りつけた一雄は、自らももう一つの椅子に逆向きに跨《また》がるようにして腰掛《こしか》け、背の部分に顎《あご》を置いて拳銃《けんじゅう》をちらつかせた。

「賢吾のやつ、今頃血眼になってお前らのこと探してるかもなあ」

くくく、といやらしく笑いながら、一雄が史に視線を向ける。その目は暗く澱《よど》んでいて、背筋がぞっとした。

「まず、身代金《みのしろ》でも要求してやろうか。あいつは大事な息子《むすこ》に、どれぐらい金を出すかな？」

吐《は》き捨てるような言い様は、佐知の知っている一雄ではなかった。佐知の知る一雄は、親思いでいつもにこにことして、クラスではあまり目立たないものの、人望は厚いタイプだったのに。何がここまで一雄を変えてしまったのか。

「一雄っ、お前どうしたんだよ。もし親父さんが知ったら――」

「うるさいっ‼」

ぱんっ、と乾《かわ》いた音と共に、佐知の転がるすぐそばのコンクリートが弾《はじ》ける。

「佐知さん！」

慌《あわ》てて舞桜が転がったまま佐知ににじり寄ろうとするのを、大丈夫だと視線で止めた。

「親父なんか、もうどうでもいいんだよ‼　あいつは、俺のことを賢吾に売ったんだよっ！　せっかく俺が拳銃作って大金稼いでやろうとしたのによぉっ！」

ギャンブルにハマって借金まみれになり、拳銃の密造をしようとしたと聞いたが、父親が賢吾に相談を持ち掛《か》けて、そのせいで拳銃の密造ができなくなった一雄が恨んでいる、ということだろうか。

拳銃の密造は、立派な犯罪だ。しかも密造を持ち掛けたのは性質《たち》の悪い連中だったと聞いた。一度手を染めたら、今度はそれをネタに強請《ゆす》ってくるだろう。もし警察に届けていたとしたら、一雄は密造の未遂《みすい》の罪で逮捕《たいほ》されていたかもしれないし、賢吾に助けを求めた父親の判断は決して間違いではない。

「親父さんは、お前のためを思って賢吾を頼《たよ》ったんだろう？」

「何が俺のためだっ、賢吾の野郎《やろう》は、うちの土地が欲しかったんだよ！　あいつさえいなけりゃ、鉄工所を閉めずに済んだんだ！」

そんなのは賢吾のせいじゃない。あまりに勝手な言い分に、怒《いか》りが沸《わ》いた。そもそもお前がギャンブルなんかして借金を作ったりしなければ、拳銃の密造なんかしようと思わなければ、賢吾はそんなことをしなくて済んだんじゃないのか。

思うままの言葉を口にして、一雄を怒《おこ》らせる訳にはいかない。ぐっと唇《くちびる》を嚙《か》みしめて耐《た》える。

「だから、あいつに復讐《ふくしゅう》してやるんだっ、あいつの大事なもん根こそぎ奪《うば》ってやる……っ！

あいつがどんな顔するか楽しみだ、はは、はははっ!」

一雄の持った拳銃が、史のほうへ向く。狂《くる》ったように笑う一雄の姿にぞっとして、佐知はとっさに口を開いた。

「そ、そんな子供より、俺のほうがいいぞ!」

「ああ?」

史を見ていた一雄の目が、ぎろりと佐知に向けられる。怯《ひる》みそうになる自分を叱咤《しった》して、佐知は意を決して切り出した。

「殺すなら、俺を殺せよ」

「佐知さんっ、駄目です!」

「さちぃっ」

悲鳴のような舞桜の声と、泣きじゃくる史の声を無視する。

史は絶対に、殺させたりなんかしない。

「あいつは俺に惚《ほ》れてるから、俺が死ぬのが一番ダメージが大きいはずだ」

口から出まかせだったはずなのに、お前が好きだと言った賢吾の顔が浮かんだ。俺が死んだら、あいつは泣くかな? もしかしたら泣くかもな、と心の中で思う。

不思議なもので、こんな状況《じょうきょう》になって初めて、素直《すなお》に賢吾のことが好きだという自分の気持ちを認める気になっていた。

「へえ。そんなに言うからには、自分が大事にされてる自信があるんだろうな?」

「俺の体を見れば分かる」

佐知の言葉に、近寄ってきた一雄が佐知のシャツを引き裂《さ》く。

「はははっ！　すげえな、おい！　これ全部賢吾がやったのか？　確かにすげえ執着《しゅうちゃく》ぶりだな」

佐知の体にはまだ、賢吾がつけた痕《あと》が残《かく》っている。史に見られるのだけは避《さ》けたくて、さりげなく一雄を盾《たて》にして史の視界から隠れた。

羞恥《しゅうち》と屈辱《くつじょく》で顔が赤くなる。それでも、一雄から視線は外さない。一挙手一投足を見逃《みのが》さないように、じっと睨《にら》みつける。

「……それにしてもお前、相変わらず男にしとくのは勿体《もったい》ない美人だよな」

「何を、言って……っ」

佐知のそばにしゃがみこんだ一雄の指が、賢吾の痕のついた肌《はだ》を撫《な》でた。さあっと怖気《おぞけ》で鳥肌が立って、佐知は嫌《いや》な予感に身を竦《すく》ませる。

「賢吾の野郎がずっとそばに張りついてなかったら、お前なんかもうとっくに穴だらけにされてたぜ？　お前を抱《だ》きたいって男は山のようにいたからな」

「……え？」

「何だ、全然知らなかったのか。お前、陰《かげ》ではずっと東雲の姫様《ひめ》って呼ばれてたってのに。お前に変な気を起こすやつは、賢吾にぼこぼこにされるって有名だったんだぜ？　子供の頃《ころ》からずっとそうやって賢吾に守らせて、褒美《ほうび》に抱かせてやってたのかと思ったんだがな」

違《ちが》う。賢吾はそんなことはしなかった。何も知らせず、ただ守ってくれていたのだ。ずっと守られていたなんて、そんなこと、佐知は何も知らなかった。

ずっと前から、対等なんかじゃなかったんだ。賢吾が言った通りだった。佐知は何も知らないまま、賢吾の優《やさ》しさの上に胡坐《あぐら》をかいて、対等であると思い込んでいたのだ。今更《いまさら》ながらにそのことを知って、賢吾の気持ちの大きさを理解した。

この間賢吾が好きだと気づいたような佐知とは違う。そんな賢吾の愛を疑うなんて、自分はどうかしていた。

一雄の指がつうっと肌を滑《すべ》り、佐知の乳首《ちくび》を摘《つ》まんだ。

「……っ！」

「殺すのは勿体ないよなあ」

一雄の目に欲望《よくぼう》の火が宿ったのを間近で感じて、佐知の肌が震《ふる》える。賢吾に触《ふ》れられた時は、ただ気持ちよくてどうしようもなかったのに、今は嫌悪感《けんおかん》しかない。それでも根性《こんじょう》でそれを堪《こら》えて、一雄の目を見返した。

「史を助けてくれるなら、どんなことでもする」

「へえ……どんなことでも、ねえ？」

一雄の唇がいやらしく笑《え》む。何をされるかなんて想像もつかなかったが、今は少しでも時間を引き延ばして、チャンスを待たなければならない。舞桜は、助けは必ず来ると言った。その言葉を信じる。

賢吾は来てくれる。絶対に。

「お願い……だから」

男を誘《さそ》うなんてしたことがないが、佐知なりに精一杯《せいいっぱい》一雄に媚《こ》びる。上目遣《うわめづか》いで頼《たの》むと、一雄が楽しそうに舌舐《したな》めずりをした。

「俺を楽しませてくれたら、考えてやろうかな」

「わ、分かった……けど、史には、見えないようにして欲しい」

「はいはい、東雲の姫様のためなら喜んで」

茶化《ちゃか》すように言った一雄が、椅子ごとがたがたと史の向きを変える。

「さち！」

「大丈夫《だいじょうぶ》だよ、史。絶対助かる、から」

無理にこっちを振《ふ》り向こうとする史を、安心させるために落ち着いた声を出したが、語尾《ごび》が震えてしまって情けない気持ちでいっぱいになった。ビビるな、俺。

「佐知さんを抱くぐらいなら、俺を抱けよ！　あんた、ほんとに殺されるぞ!?」

舞桜が転がった体勢のまま怒鳴《どな》ったが、一雄は楽しげに笑いながらそれを無視して、改めて佐知に向き直った。

「やるのに邪魔《じゃま》だからロープを外してやるが、抵抗したら容赦《ようしゃ》なく撃つ」

「分かった」

ロープが外されても、頭に突《つ》きつけられた拳銃のせいで身動きが取れない。一雄に足で仰向《あおむ》けにされても、佐知は無抵抗のままでじっとしているしかなかった。

「それじゃあ、賢吾の大事な姫様を味わわせてもらうとするかな」

一雄が膝《ひざ》をつく。そうしてゆっくりと顔が近づいてきて、ぎゅっと目を瞑《つぶ》った。

嫌だ、嫌だ、嫌だ。頭の中はその気持ちでいっぱいで、今にも突き飛ばしてしまいたくなる手を、ぐっと握《にぎ》りしめて我慢《がまん》する。

「……っ」

べろり。一雄の舌が佐知の首筋を這《は》う。拳銃《けんじゅう》を持っていない左手が素肌《すはだ》に触れると、あまりの気持ち悪さに吐《は》き気を必死で堪えた。

相手が違えば、こんなにも変わるものなのか。体はどこまでも正直だなと、他人事《ひとごと》のように考える。そうでもしていないと、叫《さけ》び出してしまいそうだった。

賢吾に触れられた体を、汚《よご》されていくような気がする。他《ほか》の男に抱かれた佐知を、賢吾はどう思うだろうか。

「おら、こっち向けよ」

顎《あご》を摑《つか》まれて、無理矢理《むりやり》にキスされそうになる。頭では分かっていても反射的に避《よ》けてしまって、一雄の不興をかった。

「どんなことでもするんじゃなかったのか？　こんなんじゃ、ガキは助けてやれねえなあ」

「……っ、ごめん、ちゃんと、するからっ」

見なければいいんだ。相手を賢吾だと思えばいい。そう思って目を瞑る。それでも、一雄の気配が近づいてくるのが分かると、自然と涙《なみだ》が出た。

あと、もう少しで触れてしまう。

「賢吾……ごめん」

悔《くや》しさで震えた唇《くちびる》から、勝手に言葉が零《こぼ》れ落ちた。そうして諦《あきら》めかけたその時。

がしゃ――――んっ!!

突然《とつぜん》の大きな物音に、慌《あわ》てて目を開ける。辺りには砂埃《すなぼこり》が舞《ま》い、一瞬《いっしゅん》視界が悪くなった。

「くそっ！　来い！」

一雄の手に強引《ごういん》に引き寄せられ、膝をついたままで頭に拳銃を突きつけられる。それでも必死で目を凝《こ》らしていると、砂埃の中から佐知が今一番会いたかった人が姿を現した。

「佐知！」

「賢吾っ、来るなっ！」

一雄が拳銃を賢吾のほうへ向けた瞬間、佐知は一雄に体当たりをする。ぱんっと乾《かわ》いた音が頭上でして、佐知は一雄もろとも床《ゆか》に倒《たお》れ込んだ。

賢吾を殺すなんて許さない。絶対にそんなことさせない。

ただただ必死で、一雄の持っている拳銃を奪《うば》い取ろうと腕《うで》を掴んでもみ合う。次の瞬間、一雄が吹《ふ》っ飛んだ。

「ぎゃあああっ」

空気を切り裂くような悲鳴と共に、拳銃がくるくると回りながら床を滑っていき、一雄が鼻を押さえてのたうち回る。その目の前に賢吾が拳《こぶし》を握りしめて立っていた。表情は険しく、一雄をじっと睨みつけている。拳からは血が滴《したた》っていて、賢吾が一雄を殴《なぐ》ったのだと分かった。

「け、賢吾……っ!」

佐知の呼びかけに、賢吾の目がゆっくりとこちらを向く。はだけたシャツに視線が向けられたことに気づいて、思わずばっとシャツの前を合わせて肌を隠した。

「……てめえ、佐知に触《さわ》ったな?」

地を這うような声が、辺りに響《ひび》く。びりびりと肌を刺《さ》すような賢吾の怒気《どき》が、その場を支配した。

「さ、触ったがどうした! あいつが、助けてくれるなら何でもするって、自分からそう言ったんだよ!」

「そうか、触ったのか。そりゃあ困ったな。俺はてめえを殺さなきゃいけねえ」

「ひぃっ!」

一歩、賢吾が足を踏《ふ》み出す。その表情は、見たことがないぐらいに憤怒《ふんぬ》に満ちていて、反射的に賢吾の体にしがみついた。

「賢吾、やめろっ!」

「やめねえ。こいつは殺す。絶対殺す」

ずるり、と佐知を体に纏《まと》わりつかせたまま、賢吾がまた一歩進む。このままでは賢吾を止められない。焦《あせ》った佐知は賢吾に訴《うった》えた。

「殺してどうする! 刑務所《けいむしょ》にでも入るつもりか!? そうしたらお前とはこれっきりだな!」

賢吾の足が止まる。それに勇気を得て、ここぞとばかりに畳《たた》み掛《か》けた。

「俺を離《はな》してやれないって、お前そう言っただろう⁉　だったら離すなよ！　自分の言葉に責任取れよ‼」

「佐知……？」

不思議そうな、窺《うかが》うような顔で賢吾がこっちを向く。そして佐知が次の言葉を続けようとした時、どこからか舞桜の鋭《するど》い声が響いた。

「賢吾さん、逃《に》げてっ‼」

ぱんっ！

乾いた音と共に、賢吾にしがみついている佐知の体ごと、衝撃《しょうげき》が伝わった。

「ぐ……っ！」

「賢吾⁉」

ぐらりと傾《かし》いだ賢吾の体を支えきれずに、一緒《いっしょ》に崩《くず》れ落ちる。

佐知の目が、拳銃を構えた一雄の姿を捉《とら》えた。拳銃の先からは白い煙《けむり》が名残《なごり》のように上がっていて、頭が真っ白になる。

「うそ、嘘《うそ》だ……嘘だろ⁉　おい、賢吾っ！」

「は、ははははっ、賢吾をやってやった！　やってやったぞっ‼」

「若っ⁉」

狂《くる》ったように笑う一雄に、遅《おく》れて部屋に飛び込んできた伊勢崎が後ろから飛びかかる。そのまま押さえつけられても、一雄はけらけらと笑い続けた。

「はは、ざまあみろっ！　あはははははっ」

だが、佐知の耳には一雄の声など届かない。ただ目の前で賢吾が倒れている事実に頭が真っ白になって、おまじないみたいに何度も賢吾の名前を繰《く》り返し呼んだ。

「賢吾っ、賢吾!!」

「……っ、頭に血がのぼっちまった……ざまあ、ねえな」

くっと賢吾が顔を顰《しか》める。こんなに弱々しい賢吾を見るのは初めてで、佐知は慌てて患部《かんぶ》を確認《かくにん》しようとスーツに手をかける。

「今すぐ止血しないとっ！　伊勢崎！　何か布持って――」

「……無駄《むだ》だ」

賢吾の手が、佐知の手を摑んで止めた。

「無駄って……そんな、そんなことないっ、お前は死なないっ、死んだりしない！　俺が外科医になったのは、こういう時にお前を死なせないためなんだよ！」

弱気なことを言うなと、必死に励《はげ》まそうとする佐知の頰《ほお》に賢吾の手が触《ふ》れた。慌ててその手を自分の手で押さえる。手はまだ温かい、だから大丈夫、きっと大丈夫。

「泣くな。……俺は昔から、お前が泣くのだけは苦手なんだ」

「だったらっ、絶対死ぬなよ！　お前が死んだら泣くからな！　わああ泣いてやるからな！」

脅《おど》し文句と言うには情けない、最早《もはや》懇願《こんがん》でしかない言葉を吐きだす瞬間でさえ、涙が零れ落ちていく。拭《ぬぐ》うこともせずぼろぼろと流れ落ちていく涙を頬で受けた賢吾は、佐知の頬に置いた手の親指を動かし、目元の涙を拭いながら、弱ったな、と小さく零した。

「それは……困るな」

賢吾が、ふっと笑う。どこかが痛いのか、目を瞑って顔を顰める賢吾が、もう目を開けなくなるんじゃないのかと考えただけで恐慌《きょうこう》状態になった。

賢吾がいなくなる？　そんなことを考えたことがなかった。大学病院に入って二度と戻《もど》らないと決めた時だって、心のどこかに賢吾はいつもこの町にいるという驕《おご》りがあったんだと思う。二度と会わないなんて思ったところで、その気になればいつでも賢吾に会える、そう分かっていたから平気であんなことができたのだ。

この世の中のどこにも賢吾がいなくなったら。考えただけで血の気が引いた。生まれた時から一緒で、いつも隣《となり》には賢吾がいて、何をするにも二人一緒で。離れている時だって、いつも佐知の心の中には当たり前に賢吾がいた。……当たり前すぎて、気づかなかった。

賢吾がそばにいることが、決して当たり前じゃないことを。

馬鹿《ばか》だ。自分は大馬鹿だ。その他大勢と一緒にされたくないとか、いつか捨てられる時が来るかもとか、そんなくだらないことばかりに気を取られて、肝心《かんじん》なことが分かっていなかった。時間は有限なのだ。いつか来るかもしれない未来に怯《おび》えるよりも、今を大事にしないといけなかったのに。

「やだ、死ぬなっ……俺を、置いていくなよっ、お前がいなくなったら……っ、俺はどうすりゃいいんだよ!」

駄目なんだ。俺には賢吾がいないと。傍若無人《ぼうじゃくぶじん》で、いつだって唐突《とうとつ》で、佐知のことを振《ふ》り回す。そんな賢吾のままでいいから、いてくれないと困るんだ。

自分が賢吾の特別だとか特別じゃないとか、そんなことはもうどうでもいい。賢吾が佐知のことを好きでなくなる時が来たとしても、生きていてくれさえすればいい。

だって……だって俺は、賢吾が賢吾でいてくれるだけで、ただ、それだけで——

「好きなんだよ、賢吾! お前のことが、好きなんだっ!」

「……っ、佐知、お前……それ、本気で……」

「本気だよっ、こんな時に冗談《じょうだん》言うほど神経太くないんだよ俺はっ!」

賢吾の目が驚《おどろ》きで見開かれた後、けほっと苦しそうな咳《せき》をするから、佐知は慌てて賢吾の体を支え直して、手を取って続ける。

「お前、俺をお前のものにするって言ってただろう? 俺にも、ちゃんとその覚悟《かくご》ができたから、お前のものに、してくれよ」

今なら素直《すなお》に言える。お前のものになりたい。

「……じゃあ、また……抱《だ》いてもいいか?」

「いいよ。何してもいいから、死ぬな」

「何しても? ほんとか?」

「ほんとに!」

「……一緒に風呂《ふろ》とかも？」

「それぐらい、毎日だって入ってやるからっ」

「じゃあ――」

「茶番はその辺にしてもらってもよろしいですか？」

「え？」

唐突に、伊勢崎の冷ややかな声が割り込んできた。

茶番？　こいつはこの状況《じようきよう》で何てひどいことを言うんだ。お前こそ空気を読めよと思いながら顔を上げると、伊勢崎と、すでに他《ほか》の組員に救出されていたらしい舞桜が、二人並んで呆《あき》れ顔でこちらを見ていた。いつの間に組員達が入ってきたのかも気づかないぐらいに、佐知は賢吾のことで頭がいっぱいだったらしい。

「若。気持ちは分からなくもないですが、いくら何でもやりすぎですよ」

「賢吾さん、佐知さんが可哀想《かわいそう》です」

伊勢崎と舞桜の言葉に、佐知の腕《うで》の中の賢吾がくくと笑って、途端《とたん》にいててて と顔を顰める。

「俺は別に何も嘘は吐《つ》いてねえぞ。止血なんか無駄だと教えてやっただろう？」

「え？　え？　え？」

死にかけの人間にしてははっきりとした声色《こわいろ》に、佐知は啞然《あぜん》として三人に順に視線を送った。

何これ、どういうこと？　止血なんか無駄だ？　確かにそう言ってたけど、死ぬからじゃなくて？

「あばらの一本ぐらいはイってるかもな。一瞬《いっしゅん》呼吸が止まったぞ」

「あ、あばら？……一本だけ？」

え？　だってさっきはすごい苦しそうにしてて……あばらが折れてるから？　それだけ？

「だ、だって賢吾撃《う》たれて……っ」

「ああ、俺もマジでやられたと思った。けど、これのお蔭《かげ》で助かったみたいだな」

ごそりと賢吾がスーツの内ポケットから取り出したものを見て、佐知は呆然《ぼうぜん》と呟《つぶや》く。

「スマ、ホ……？」

賢吾のスマホには、カバーがついていた。史が買った、あの衝撃に強いという謳《うた》い文句のカバーが。そのカバーに銃弾《じゅうだん》が突《つ》き刺《さ》さる形で止まっていた。

「お、スマホも何とか無事だぞ。史に感謝だな」

賢吾の言葉に、賢吾が操作するスマホの画面に目をやると、撮《と》られた覚えのない佐知の写真が待ち受け画面になっていて、ぴきぴきと佐知の額に青筋が立つ。

「ス、スマホの心配してる場合かっ‼」

俺の涙《なみだ》を返せ！

「おかしいと思ったんですよ。胸を撃たれたわりには、まったく血が出ていませんでしたからね」

伊勢崎の指摘《してき》に、あっ、と思った。そういえば、血はまったく出ていない。医者であるはずなのにそんなことにすら気づかないなんて、自分はどれほどパニックになっていたのか。

「ぜ、前言撤回《てっかい》！　お前なんか大嫌《だいきら》いだ！」

膝《ひざ》の上の賢吾を放り出して立ち上がり宣言するが、賢吾は余裕《よゆう》の表情を見せる。

「そうかそうか。俺は愛してるぞ、佐知」

「にやにやするな！」

「照れるなよ、可愛《かわい》いやつだな」

何を言っても賢吾はご機嫌《きげん》で、ちくしょうと思っていたら、組員に縄《なわ》を解いてもらった史が走ってくる。

「ぱぱ！」

胸に飛び込んできた史に賢吾はうっと呻《うめ》いたが、そのまま抱き止めて頭を撫《な》でた。

「怖《こわ》い思いさせたな」

「ううんっ……ぼくっ、ぼく……っ、ぱぱがっ、しんじゃったかとおもった……っ」

賢吾の顔を見て緊張《きんちょう》の糸が切れたのか、史が堰《せき》を切ったように泣き出す。一度親を亡《な》くしている史にとって、もう一度親を亡くすということは大変な恐怖《きょうふ》だろう。号泣《ごうきゅう》する史に弱ったような顔をする賢吾に、馬鹿な嘘《うそ》を吐いて史を心配させたことを反省すればいいと思った。

「あれは当分離《はな》れませんよ、きっと。賢吾さんしばらくお預けですね、ざまあみろ」

佐知の隣に来てそう言って笑った舞桜に、佐知はあることを思い出して訊《たず》ねてみる。

「そういえば舞桜、何であの時、助けは絶対来るって分かったんだ？」

「……ああ、それは──」

言葉を途切《とぎ》れさせた舞桜が、ちらっと伊勢崎に視線を向けると、伊勢崎がやれやれとため息を吐いて、信じられないことを口にした。

「舞桜は元々、心配性《しんぱいしょう》な若が佐知さんにつけたボディーガードです」

「…………は？」

「他の男に変なことをされないか、あまりの可愛さに攫《さら》われたりしないか、いきなり町を出ていったりしないかと、若が常に佐知さんのことを監視《かんし》……こほん、見守っていたいとおっしゃるので」

今、監視って言った。絶対に言った。じとっとした目で睨《にら》みつけても、伊勢崎はしれっとした顔で続ける。

「佐知さんと舞桜のスマホは、いつでも位置情報が検索できるようにしてありまして、常に組員が二人の位置を把握《はあく》しています。二人のスマホの反応がほぼ同時に落ちたので、これは何かあったなと思いまして、舞桜に持たせている発信機の電波を追いかけてここまでたどり着いたという訳です」

伊勢崎の言葉に、舞桜が手の甲《こう》を佐知のほうに向ける。そうか、あの指輪が発信機だったのか。

「……って、待て待て。さらっと言ってるけど犯罪だよな？　プライバシーの侵害って犯罪だよな⁉」

「でも、お蔭で全員無事だった訳ですし、結果オーライですよ」

「うっ、何か釈然《しゃくぜん》としないけど、反論できないっ」

確かにお蔭で助かった訳だし、感謝しても……いやいや騙《だま》されるな。犯罪は犯罪だろう。

「に、二度としたら許さないからなっ」

「……だそうですよ？　若」

「ふざけんな。もう俺のもんなんだ、我慢《がまん》なんかする訳ねえだろ。組員に医院を取り囲まれるよりましだと思え」

史を宥《なだ》めて頭を撫でながらも、賢吾が開き直った顔でふんと鼻を鳴らした。

「じゃあ、お前のもんになんかならないっ！」

「は、やくざ相手に通用するかよ。言質《げんち》取ったらこっちのもんだ」

「はあ⁉　どこに言った証拠《しょうこ》が——」

「はいはい、痴話喧嘩《ちわげんか》はそれぐらいにしてください。もうそろそろ警察が来ます」

遠く警察車両のサイレンの音が聞こえてくる。佐知はそれにほんの少しほっとした。一雄を警察に引き渡《わた》すということは、賢吾がこれ以上手を出すことはないということだ。

やられたことは許せないし、理不尽《りふじん》だとも思う。でも親父《おやじ》さんのためにも、できれば一雄には更生《こうせい》して欲しい。

組員に押さえつけられて項垂《うなだ》れている一雄を眺《なが》めながら、佐知はそんなことを考えた。

いきなり居間の障子がすぱんと開いて、入ってくるなり賢吾が言った。

「おい佐知、やるぞ」

「……え？」

もう風呂にも入って、浴衣《ゆかた》に着替《きが》えてテレビを見ながらお茶を啜《すす》っていた佐知は、状況についていけずに頭上にはてなマークを飛ばす。

浴衣姿の賢吾の胸元《むなもと》には、湿布《しっぷ》が貼《は》られている。あの後佐知が触診《しょくしん》してみたところ、どうもあばらが折れている様子はなく、念のため救急病院でCTを撮ってもらったがやはり折れておらず、打ち身のみ、という診断結果だった。湿布の貼り替えも明日《あした》までは必要ないので、佐知が賢吾にしてやれることは今のところない。

「史は寝《ね》た。ここからは俺とお前の時間だ。とにかくやるぞ」

「え？　えええええ⁉」

やる？　やるってあのやるですか？

一雄を警察に引き渡した後、事情聴取《ちょうしゅ》があったり救急病院へ行ったりして忙《いそが》しかったのだが、ずっと史は賢吾にべったりだった。それは屋敷《やしき》に戻《もど》ってきてからも続き、二人で一緒《いっしょ》に寝ると賢吾の寝室《しんしつ》に去っていったので、油断しきっていた。

身構える間もなく畳《たたみ》に押し倒《たお》され、近づいてくる顔から顔を背《そむ》けて、必死に訴《うった》える。

「や、あの、ちょっと……俺にも心の準備とか、そういうのが……っ」

「お前がうだうだ考えてもややこしくなるだけだろうが」

「いや、もっとお互《たが》いのことを知ってからでも遅《おそ》くは――」

「今更《いまさら》俺とお前のことで何を知ることがあるんだ。生まれた時から一緒なんだぞ？」

「そ、それはそうなんだけどっ、ほらっ、色々っ、色々まだ分からないことがいっぱいあるし！」

「たとえば？」

問いかけてくる間にも、しゅるりと浴衣の帯が外されて、このままではやばいと佐知は脳をフル回転させる。

「い、いつから俺のこと好きだったのかなっ、とか！」

「ああ？　んなの、当たり前のこと過ぎて覚えてねえな。物心つく前にはそうだったんじゃねえの」

どうでもよさそうに言われて、浴衣の前を広げられた。賢吾の手が素肌《すはだ》に触《ふ》れてきて、佐知はそれだけで息が上がってしまう。

「あ、や……っ、じゃあっ、俺がお前のこと……っ、ぁっ、好きだって気づいたのはっ、なん、で……？」

佐知の首筋に唇《くちびる》を触れさせた賢吾がくすくすと笑った。

「そりゃあお前、俺を女と一緒にするななんて言われたら、分かるだろう？　馬鹿《ばか》な勘違《かんちが》いしやがってと腹も立ったが、ヤキモチ焼くなんて可愛いとこあるよな、お前」

「ヤ、ヤキモチ？　ち、違うっ、俺はほんとにそう思って……っ」

胸元にちゅっとキスをした賢吾が顔を上げる。ひどく呆《あき》れた表情で。

「女と一緒じゃ嫌《いや》だ、俺だけ特別がいいって、それがヤキモチじゃなかったら何だよ」

「……え？　あれ？」

色々ぐちゃぐちゃと考えたのに、端的《たんてき》にそう言われてしまうと、本当にただのヤキモチみたいに聞こえる。何だそれ、恥《は》ずかしい。

「心配しなくても、お前は俺にとって特別だ。お前の代わりなんかいる訳ねえよ」

「賢吾……」

唇に賢吾の唇が触れて、しっとりとしたキスをくれる。まだ賢吾とこんなことをしているという恥ずかしさはあるが、佐知も少しだけ素直《すなお》になってみることにした。

「俺も……ずっとお前が特別だった。けど、俺はそれに気づいてなくて、ただお前は俺のそばにいるのが当たり前だって思ってて……だからお前がやくざになるって言った時、裏切られたと思った」

「何でそうなる」

「お前が、俺より組員のほうが大事だって、そう言った気がしたんだよ。俺はいつでもお前の一番でいたいって、たぶん無意識にそう思ってたんだな」

「馬鹿か。組員ももちろん大事だが、お前と比べるようなもんじゃねえよ」

「……お前、雨宮医院を守るためにやくざになったってほんとか？」

「………伊勢崎か」

今にもぶん殴《なぐ》りに行きそうな顔で言うから、慌《あわ》てて賢吾の浴衣の袖《そで》を両手で摑《つか》んで起き上がれなくする。

「俺は聞いてよかった。聞いてなかったら今でもまだ、意地を張ってたかもしれないし。今俺達がこうしてるのは、伊勢崎のお蔭《かげ》だよ」

勇気を出して、自分からもキスをする。賢吾は一瞬《いっしゅん》驚《おどろ》いたように目を見開いたが、すぐにそれに応《こた》えてくれた。

「俺、ずっと勘違いしてお前に辛《つら》く当たってたのに、よく嫌《きら》いにならなかったよな」

「お前はずっと俺に、『やくざの』俺は嫌いだって言ってただろう？　だから、それ以外の俺のことは別に嫌いじゃねえんだなって」

「……驚くほどのポジティブだな」

「そうでも思わねえとやってられねえだろ」

賢吾が諦《あきら》めないでいてくれたから、今がある。これまでの自分の態度のひどさを思い出し、佐知はごめんと賢吾の唇に囁《ささや》いた。

「お前が俺のことを守ってくれてたことも知らないで、散々な態度取ったよな？」

「俺がお前に触《さわ》られるのが嫌で勝手にやってたことだ。謝られる理由がねえよ。それより、そろそろ我慢も限界なんだが、抱《だ》かせてはもらえねえのか？」

ぐっと賢吾が佐知の腰《こし》に自分の腰を押しつけてくる。賢吾のそこは熱を帯びていて、擦《こす》りつけるように動かされると、それに呼応するように佐知のそこも硬《かた》くなっていく。

「……あ、ぁっ、そんなに、抱きたい、のか？」

「当たり前だ。今すぐお前をどろどろのぐちゃぐちゃにして、ここにぶち込んでやりてえ」

尻《しり》を鷲摑《わしづか》みにされ、ここ、と指で蕾《つぼみ》を突《つ》かれる。ひくん、と蕾が収縮したのは、そこに入り込まれた時の快感を覚えているからだ。雄《おす》を感じさせる欲《よく》に塗《まみ》れた目で見つめられると、どうにでもして欲しい気持ちになる。

「だい、て……っ、あ、あ、そこ……して？」

「だったら、そこに上がって、摑まってろ」

賢吾に促《うなが》されるまま、座卓《ざたく》に上半身を乗り上げて、端《はじ》っこを両手で摑む。自然と膝立《ひざだ》ちで尻を賢吾に突《つ》き出す恰好《かっこう》になり、羞恥《しゅうち》を訴えるより先に、佐知の浴衣の裾《すそ》を捲《まく》った賢吾に下着を脱《ぬ》がされて放り捨てられた。

「ちょ、ちょっと賢吾……っ、何で、こんな……ひぁっ！」

とろりとした液体が尻にかかり、その感触《かんしょく》に驚いて声を上げれば、賢吾がくくと笑う気配が背後でする。

「ローションだ。前の時は余裕《よゆう》がなくて使わなかったからな。今日はここをとろっとろにして、達《い》きっぱなしにさせてやるから覚悟《かくご》しろ」

「い、いやだよそんな……ああっ、あ、やだっ、うそ……っ」

驚くぐらいにすんなりと、賢吾の指が中に入ってくる。しかも動かされるごとにちゅぷちゅぷと生々しい音が辺りに響《ひび》いて、気持ちよさと羞恥で体を震《ふる》わせた。

「や、やだっ、音、やだ……っ」

「やだやだ言うな、燃えるだろうが」

信じられないセリフと共に、賢吾がわざと指を大きく出し入れする。ぬるぅっと奥まで押し込まれた指が、またぬるりと引いていく。ぬちゃぬちゃとした音が恥ずかしいのに、気持ちよさに腰が揺《ゆ》れる。そうすると座卓に自分の性器が擦れて余計に気持ちがよくて、ついもっとと腰を動かしてしまう。

そうしていつしか自慰《じい》を楽しむように腰を振《ふ》っていたら、賢吾の手に性器を握《にぎ》られた。

「悪い子だな、佐知。一人で楽しんでるのか？」

「ん、んん、あ、あっ……ちが、ちがう……やだっ、ごめんなさ……ぁっ」

後ろを穿《うが》つ指を二本に増やされ、それが出し入れされるタイミングに合わせて前を擦られる。前も後ろも気持ちよくて、気持ちよすぎて、座卓を掴む手に力が入った。

「い、いくっ、けんご……っ、あ、あっ」

「焦《あせ》るなよ、佐知。まだまだ、もっと善《よ》くなってからだ」

きゅっと賢吾の手に根元を縛《いまし》められ、今にも達きたいのに、出させてもらえない。

「や、ぁっ、ひど、ひどいっ……やだっ、ぁっ」

達かせてはくれないくせに、後ろを穿つ指は気持ちいいところを的確に攻《せ》めてきて、佐知はやだやだと何度も繰《く》り返した。ひどい、いきたい、ばか、さいてい。涙声《なみだごえ》でそう賢吾を詰《なじ》ることすらできなくなった頃《ころ》、とろとろに蕩《とろ》けた佐知の蕾に、賢吾の硬くて熱いそれが押しつけられた。

「そろそろ、俺も限界だ。入れるぞ、佐知」

「ひ、ぁっ、ああ……は、はいってっ……あっ、ん、ン――！」

初めて賢吾に抱かれた時とは全然違《ちが》う。くぷりと体に入り込んできた先端《せんたん》を誘《さそ》い込むように、佐知の中がうねる。賢吾が入ってこようとしているのではなく、佐知の体が賢吾を引きずり込む感覚。

「佐知……っ、くっ、お前……中、すごいぞ」

佐知の腰を両手で掴んだ賢吾が、ぱんっ、と互いの肉がぶつかり合う音がするほどの強さで佐知を一突《ひとつ》きする。

「ひあっ、あ……っ、ア……！」

その途端《とたん》、佐知の体が痙攣《けいれん》して、びゅくんびゅくんと白濁《はくだく》が座卓に広がった。

「……っ、あ、っぶねえ……持ってかれるとこだった……お前、一人で先に達ってんじゃねえよ」

「あ、だって……っ、や、やだっ、すご、いよくて……っ、やだっ」

自分の体が、まるで自分のものではないみたいでおかしい。賢吾を入れたままの内壁《ないへき》はひくひくと勝手に収縮を繰り返し、尻は物欲しげに揺れる。白濁を吐《は》き出すたびに中がきゅうっと締《し》まって、中の賢吾の質量をまざまざと思い知らせてきた。

「善すぎて怖《こわ》いのか？　そのうち怖いのもなくなる。うんと善くしてやるから、お前は素直に感じてろ」

「や、やだ……っ、やだってばっ、あ、あっ、ねえ……やだ、ぁっ」

ぐっと奥まで佐知を貫《つらぬ》いたまま、佐知の浴衣《ゆかた》の袖から入り込んだ賢吾の手が胸をまさぐる。胸の尖《とが》りを指でころころと転がされて、次第《しだい》にそこが硬く尖っていくのが感覚で分かった。

「佐知、ここを指で弄《いじ》られるのと、ここを擦られるの、どっちがいいんだ？」

乳首《ちくび》と性器を同時に触られ、耳たぶをしゃぶられながら問われる。

「やだっ、どっちも、やだ、あっ」

「そうか、佐知は両方欲しいのか。欲張りだな」

「ち、違う……っ、やだ、やだっ、やだって言った、のにぃっ……あ、あああっ」

乳首を摘《つ》まれ、性器をいやらしく擦られた。その上で腰を突き入れられれば、佐知の理性などもうないも同然になってしまう。

「あ、あ、いや……っ、ん、ぁっ」

奥まで突かれるたびに、体の中が快感でいっぱいになる。溢《あふ》れんばかりのそれに脳まで支配されて、佐知はとうとう白旗を揚《あ》げた。

「いいっ、あ、あ……っ、もっと、もっとっ、あ、いく、いく、よう……けん、ごっ」

「達くのか？　俺も、もうすぐ……っ」

「ひ、ぁ、あああっ」

最後の一突きとばかりに、ぱしんと腰を打ち込まれる。体にびりびりと電流が走り、開きっぱなしの口から唾液《だえき》が零《こぼ》れ、座卓に広がる白濁のしぶきがまた増えていく。

「い、いってる……っ、あ、あ、けんご、なか……すご、い」

中で賢吾のものが暴れている。どくりと動くたびに中にびゅくりと吐き出される感触がして、そのたびに未《いま》だ達っている最中の佐知の体も、またひくひくと収縮を繰り返す。達きっぱなしで、体が収まらない。

腰を奥に届けとばかりに押しつけられたまま、佐知の背中に額をつけた賢吾の吐息《といき》にくすぐられ、背筋が震える。

「……っ、ん……っ」

気持ちよさげに息を漏《も》らす、賢吾の顔が見たい。今すぐ、キスがしたい。

「けんご……っ、ぁっ」

後ろを振り返って訴《うった》えると、察した賢吾が繫《つな》がった状態のまま、佐知の右足を持ち上げ、座卓の上にひっくり返す。

ようやく正面から見ることができた賢吾の額には汗《あせ》が浮《う》かんでいて、快楽の余韻《よいん》を感じさせるとろんとした顔にキスをせがんだ。

「キス、して……？」

「誘い上手だな、佐知。んな顔されたら、キスだけで済ませられねえ」

もちろん、キスだけで済ませて欲しくなんかない。今度は特等席で、賢吾が達く瞬間《しゅんかん》の無防備な表情が見たい。

「二度と……こんな顔、誰《だれ》かに見せたら許さないからな」

悋気《りんき》を口にすると、賢吾は片眉《かたまゆ》を上げてからくすくすと笑って佐知にキスをした。

「馬鹿《ばか》……お前以外に、こんな顔見せたことなんかねえよ。自分でも気持ち悪《わり》ぃぐらい、機嫌《きげん》いいわ、今の俺」

「そう、なのか？」

「俺のこういう顔知ってんのは、これから先も、これまでも、全部お前だけだよ」

そう言って笑う賢吾はひどく甘くて、それならいいか、と思わされてしまう。

「だから佐知、俺をもっと甘やかせよ」

「……っ、あ、あ……けん、ご……っ」

座卓に乗り上がった賢吾に、腰《こし》を突き入れられる。先ほどまでとは当たる角度が違って、また新しい快感が体をおかしくさせていく。

片足だけを抱《かか》え上げられ、ふくらはぎに歯を立てられた。ぐずぐずの体は、痛みすら快感に変換《へんかん》してしまって、きゅうきゅうと内壁が締まって喜ぶ。

「お前の体、すげえ綺麗《きれい》だな」

浴衣ははだけてかろうじて肩《かた》に引っかかっているような有様で、足は大きく開いてしまって、賢吾に全《すべ》てをさらけ出していた。

「や、やだ……みちゃ、やだっ」

隠《かく》したくても、それができない。体が全部溶《と》けてなくなってしまったみたいに、自分で動かせない。行為《こうい》に慣れない体は、快楽の前に陥落《かんらく》して、佐知にできるのは近づいてきた賢吾の唇《くちびる》に応《こた》えることぐらいだ。

「とろっとろだな、佐知。でも、まだまだこれからだぞ？」

へばるなよ、と笑いながら、賢吾が緩《ゆる》やかに腰を動かし始める。

「あ、ん……っ、まだ？　ぁっ、まだ、する？　あ、あ、まだ、いく、い、ちゃ……っ」

「ああ、くっそ可愛《かわい》いな、お前……っ、これはやべえわ、止まりそうもねえわ」

「ひ、ぁっ、あ、や……っ、はげ、し……っ、あ、あ」

座卓《ざたく》が壊《こわ》れるかと思うほど揺さぶられ、その力強さに悲鳴混じりの嬌声《きょうせい》を上げた。

その夜遅《おそ》くまで、居間からは佐知の声が止《や》まず、その声に組員達が眠《ねむ》れぬ夜を過ごしたことは、佐知のあずかり知らぬところだった。


「……血圧が少し高めですけど、この程度ならまあ合格点です。でも、油断しないようにしてください」

「分かった。佐知、いつも申し訳ない」

今日は、月に一度の吾郎の往診《おうしん》の日だ。持ってきていた聴診器《ちょうしんき》や血圧計などをバッグに片付け始めた佐知に、高座椅子《たかざいす》に腰掛《こしか》けた吾郎が笑いかけてくる。

吾郎は、温厚《おんこう》で好々爺《こうこうや》然としていて、一見するととても組長には見えない。それでも目には力があり、一般人《いっぱん》とは一線を画すオーラを放つ人だ。物腰が柔《やわ》らかで、そういうところが女性にモテるのだろう。だからと言って、浮気《うわき》をしていい訳ではないが。

「……あれは、元気だろうか」

「元気ですよ？　最近ではよく笑うようになって、子供らしい部分が出てきたと思います。……ただ、あれと呼ぶのは史が可哀想《かわいそう》ですよ」

「……そうだな、すまん」

史が賢吾と暮らすようになってから、京香はたびたび史のもとへやってきていたが、吾郎は一度も来なかった。そのことに……いや、それ以外にも、佐知は吾郎に腹を立てていることがある。

「吾郎さん、京香さんが怖いのは分かりますが、だからって賢吾に自分の浮気の尻拭《しりぬぐ》いをさせるのは、どうかと思いますよ？」

結果的に、そのお蔭《かげ》で丸く収まっていると思うし、史のためにもこのほうがよかったとは思っているが、自分が罪から逃《のが》れるために史を賢吾に押しつけるようなやり口は、大人の責任としてどうかと思う。

「そうか……賢吾から聞いておらんのか」

「聞いてないって、何をですか？」

「儂《わし》は最初、京香に全てを正直に話すつもりだった」

「え？」

意外な言葉を聞いて、佐知は思わず吾郎を凝視《ぎょうし》する。京香に浮気の事実を告白するというのは、こう言っては何だが、自ら処刑台《しょけいだい》に上がるようなものだ。もしそれが本当なら、吾郎は自分のしたことの落とし前をきっちりつけるつもりだったということか。

「だが、佐知なら分かるだろう？　儂はもう、そう長生きはせん。京香はできた女だから、きっと史を立派に育ててくれるだろうが、儂が死んだら、史の後ろ盾《だて》が無くなる。小さな史をまつり上げて、組を乗っ取ろうとする者が出てくるかもしれん。それだけは避《さ》けてやりたくて、まず賢吾に話をしたのだ。そうしたらあやつが、史を自分の子供として育てると言い出しおった。自分の子にしたほうが、後々問題が少なくて済むだろう、とな」

「賢吾が……」

「そうだ。それなら、京香には話すべきではないということで賢吾とは一致《いっち》してな。だが、賢吾は我が子ながら一筋縄《ひとすじなわ》ではいかん。自分が史を守る代わりに、と条件を出してきおった」

「条件？」

「……史を自分の子として育て、守る。その代わり、自分が生涯《しょうがい》佐知しか愛さないことを認めろ、とな」

「……っ!!」

驚《おどろ》きで、呼吸が止まる。まさか賢吾が吾郎にそんなことを言っていたなんて知らなかった。しかも佐知を引き取る頃《ころ》と言えば、まだ二人の関係は幼馴染《おさななじ》み以上のものではなかったのに。

「賢吾が佐知のことを好きだということは、この辺りでは公然の事実のようなものだったのでな。驚きはせんかったが、儂は賢吾の思いは成就《じょうじゅ》せんと思っておった。だが……どうやら、あやつの一念は岩をも通したらしい」

「……分かり、ますか？」

「賢吾の浮かれようがひどくてな。あれで分からんのは、よほどの朴念仁《ぼくねんじん》だろうて」

「す、すいません……」

面目次第《めんぼくしだい》もない。賢吾がとんでもなく浮かれているのは本当のことで、佐知でさえ面倒臭《めんどうくさ》いと思うほどだった。吾郎にもバレていたかと、顔に手を当てて項垂《うなだ》れる。

勝手に山ほどのプレゼントを買ってきたり、べたべたとひっつき回ったり。あげくの果てには新居を建てるとふざけたことを言い出した。

何が気に障《さわ》ったのだか知らないが、組員に散々当たり散らしたあげくに、防音設備の完璧《かんぺき》な寝室《しんしつ》を作ると騒《さわ》ぎ出した時は、そんなものを作ったら史を連れて出ていってやると佐知が脅《おど》して、ようやく諦《あきら》めたのだ。……本当に、頭が痛い。

「怒《おこ》って……ますか？」

賢吾は、今や東雲組には欠かせない存在だ。吾郎だって、いつかは賢吾が結婚《けっこん》をして、跡目《あとめ》を継《つ》いでいってくれることを期待していたはずだ。

佐知といても、賢吾に家族は作ってやれない。そのことは、佐知に賢吾と一緒《いっしょ》に生きていくことへの後ろめたさを感じさせていた。

「そうだな……佐知がこの家に来た時は、賢吾が史にかこつけて、無理矢理《むりやり》に佐知を連れ込んだと思ったのでな。佐知に申し訳ない気持ちでいっぱいだったが、儂としては、佐知が賢吾を受け入れてくれて安心している、というのが本音だ」

「安心？」

「……賢吾は、京香に似ているところがある。もし佐知が自分を受け入れないと分かった時に、監禁《かんきん》でもせんだろうかとはらはらしていたぞ。あの二人は本当に……愛情が怖《こわ》いのだ」

やけに実感がこもった声で呟《つぶや》いた吾郎の言葉に、佐知は苦笑《くしょう》を返す。吾郎にとっては、京香の愛が重すぎるということか。

賢吾の愛が深ければ深いほど嬉《うれ》しいと思う佐知は、きっと自分自身、吾郎が言うところの愛情が怖いタイプなのかもしれない。

「佐知」

吾郎の手が、膝《ひざ》の上に置いていた佐知の手を摑《つか》んだ。そのまま自分の胸のほうへ引き寄せ、ぽんぽんと両手で握《にぎ》りしめられる。

「賢吾と史のことを、よろしく頼《たの》む。幸せにしてやってもらえれば、ありがたい」

「……っ、はい、頑張《がんば》ります」

幸せにしてやる、なんて言い切る自信はまだない。賢吾との関係は始まったばかりで、もうすでに喧嘩《けんか》ばかりしている。それでも、いずれは吾郎に胸を張ってそう言えるようになりたい。

「だから、吾郎さんも一緒に幸せに――」

なりましょう、と言い終わる前に、すぱんと予告もなしに障子が開く。

「くそ親父《おやじ》……っ、何で佐知の手ぇ握ってやがるっ」

ものすごい形相でずかずかと踏《ふ》み込んできたのは、賢吾だった。後ろに史の姿も見える。

賢吾は近づいてくるなり、佐知の手を摑んで引っ張り、自分の胸の中に囲い込んだ。

「おいっ、賢吾！」

「うるせえ！　こいつはホステスの間で落としの吾郎って呼ばれてんだぞ⁉　狙《ねら》った女は百発百中って有名なんだよ！　近づいたら食われるぞ⁉」

「おとしのごろう？　それってすごいの？」

自分の父親相手に、何て言い様だ。それから史。そういうの覚えなくていいから。

子供が大事なおもちゃを取られまいとするみたいに、佐知を抱《かか》え込んで吾郎を威嚇《いかく》する賢吾にうんざりとする。

付き合い始めて、もう隠《かく》す必要もないと思ったのか、賢吾は分かりやすくヤキモチを焼くようになった。それこそ、伊勢崎や舞桜、時々は史にまで。はっきり言って鬱陶《うっとう》しい。

相手にすると余計に拗《す》ねるので軽く流していたが、そろそろ我慢《がまん》も限界だ。こうも誰彼《だれかれ》構わずヤキモチを焼かれては、佐知を信じていないと言われているみたいで面白《おもしろ》くない。

「お前、いい加減に――」

「へえ……落としの吾郎？　いい通り名だこと」

恐《おそ》ろしい声がして、その場にいた史以外の全員が動きを止める。ぎぎぎ、と錆《さ》びたブリキのようにぎこちない仕草で後ろを振《ふ》り返れば、すっと障子の陰《かげ》から京香が姿を現した。

「きょ、京香っ」

吾郎の顔が、いや、佐知と賢吾も含《ふく》めて、顔が引きつる。ああ、般若《はんにゃ》だ。般若が来た。悟《さと》りを開いた顔で、佐知はこれから巻き起こる嵐《あらし》を覚悟《かくご》した。

「狙った女は百発百中……？　それはまた豪気《ごうき》なことだねえ、吾郎さん。百発も無駄撃《むだう》ちしてるなんて、お前さん、思ったよりも元気なんだねえ。それだけ元気があるのなら、あたしももう一人ぐらい頑張ろうかしら？」

「京香、誤解だっ……落ち着け、落ち着いて話し合おう」

「そうだね、ここいらで一度、ボディートークとやらをする必要があるかもしれないねえ」

ゆっくりと吾郎に歩み寄った京香が、吾郎の体にしな垂れかかる。

「まさか、嫌《いや》だなんて言わないわよねえ？」

「いや、まだ心臓の調子が――」

「佐知。吾郎さんの調子はどうなんだい？」

きっ、と京香に睨《にら》みつけられ、佐知は包《つつ》み隠さず正直に吾郎の状態を話す。

「……ここのところ、調子はいいです。あまり無理をしなければ、ですけど」

「さ、佐知！」

吾郎が助けを求めてくるが、この場合、誰につくべきなのかは一目瞭然《いちもくりょうぜん》だ。人間は、般若や鬼《おに》の類《たぐい》には逆らうものじゃない。ごめんなさい、吾郎さん。俺、まだ死にたくないです。

「よろしい。それじゃあ、あんた達は早く出ておいき。ここからは、吾郎さんと二人でゆっくり話をさせてもらうよ」

「はい、喜んで！」

居酒屋の店員ばりの声を出し、史を連れてそそくさと部屋をあとにする。賢吾ももちろんそのあとに続いた。

「えっと……ごゆっくり」

言いながら、そっと障子を閉める。閉まる寸前、吾郎が恨《うら》みがましい視線を向けていたが、自業自得《じごう》なので諦めて欲しい。

「はあ……お前がでかい声で騒ぐからだぞ」

ほっと一息吐《つ》いてから、賢吾を叱《しか》る。反省するどころか、賢吾はふんと鼻を鳴らして、「佐知に触《さわ》る親父《おやじ》が悪い」と言い切った。

「それより、今から子作りします宣言された息子《むすこ》の精神的ダメージのほうが大きいわ」

「はは、それはさすがに冗談《じょうだん》……だよな？」

「いや、あいつは本気だ。間違《まちが》いねえ」

ということは、そのうち賢吾にまた弟か妹が誕生する可能性があるということか。

「お、おめでとう？」

「ありがとう？」

お互《たが》い、首を傾《かし》げながら言い合う。そこへ史が口を挟《はさ》んだ。

「こづくりのこってなぁに？　なにをつくるの？」

純粋《じゅんすい》な目で見上げられ、うっと言葉に詰《つ》まる。

「子作りってのはな、子供を作るってことだ。言い方は悪《わり》ぃけどな」

さらっと賢吾が言ったセリフにぎょっとしたが、史はふぅんとあっさりと納得《なっとく》した。

「じゃあ、ぼでぃーとーくってなぁに？」

「……ここにいたら、史が変な言葉ばかり覚えていく気がする」

語彙《ごい》が増えるのは結構だが、日常生活に役に立たない、むしろ使う機会など訪《おとず》れて欲しくない単語ばかりに、どうして興味を持ってしまうのか。このままでは、史が穢《けが》れた大人になってしまう。

ちらりと賢吾に視線を向ける。穢れた大人代表だ。どこで覚えたのか知らないが、セックスのたびに佐知の想像など及《およ》びもしないようないやらしいことばかりしてくる。今までどこでその手管《てくだ》を披露《ひろう》したのやらと思うと、何だかふつふつと怒《いか》りが沸《わ》いてきた。

そうだ、こんな男がそばにいるから、史がおかしな言葉ばかり覚えるのだ。

「ここは史の教育上よくない。よし、別居だ、別居しよう」

「はあ？」

いきなり何だと言う賢吾を無視して、史の手を取り歩き出す。

「行くぞ、史」

「はぁい！　べっきょ、べっきょ！……ねえ、べっきょってなぁに？」

「別居っていうのは、俺の家にお泊《と》まりに行くことだぞ？」

「そうなの？わーい！」

「こらこら、そこ、勝手に盛り上がるな。許す訳ねえだろ、そんなこと」

「お前の許しなんかいりませーん」

「いりませーん！」

笑いながら佐知の語尾《ごび》を真似《まね》した史が、賢吾を振り向き手を差し伸《の》べる。

「ね、ぱぱもはやくいこ」

「お、そうだな。そうすりゃいいんだよな。さすが史」

「あ、こら！　お前は来るなよ！　許可してないぞ！」

「史の許可があるから、いいんだよ。な？」

「なー！」

またしても語尾を真似した史に、とうとう佐知も笑ってしまう。

史がそう言うなら、まあいいか。

仲良く手を繋《つな》いで歩く三人の姿を見た組員達が、その微笑《ほほえ》ましさに頬《ほお》を緩《ゆる》めているのも知らず、佐知は史と繋いだ手をぎゅっと握りしめながら思った。

俺達は、この子の家族だ。これから先も、ずっと。

あとがき

皆様こんにちは、佐倉温《さくらはる》です。最後まで読んでいただき、本当にありがとうございます。

今回のお話は、担当様の「ハートフルな子持ちのやくざものなんかどうですか？」というお言葉から生まれたものです。途中で完全にやくざをどこかに置き忘れ、ハートフルだけが残り、その後何とかやくざな部分を少しだけ取り戻しましたが、そうしたら今度はハートフルがおろそかになるという地獄の責苦を味わい、完成したのがこちらです。

……なんちゃってやくざです、すみません。

賢吾《けんご》は分かりやすく佐知《さち》のことが好きなキャラだったので、大変動かしやすかったのですが、今回は本当に佐知に悩まされました。ここまで素直じゃないキャラは、初めて書いたかもしれません。付き合い始めても、佐知はずっとこの調子だと思います。でも、ツンツンした後におってくる唐突《とうとつ》なデレに、きっと賢吾はメロメロでしょう。佐知は何だかんだ言っていても、布団《ふとん》に押し倒《たお》されると弱いと思います（笑）。

それから、毎度書いていているような気がしますが、私は脇《わき》キャラが好きで、愛情を注ぎすぎてしまう傾向にあるのですが、今回は史《ふみ》を書いているのが本当に楽しかったです。子供はすぐに大人の言葉を覚えてしまうので、史がいつか賢吾のようになってしまうんじゃないかと心配ですが、作者としては純粋《じゅんすい》な史のままで大人になって欲しいと思います（笑）。そしていつか恋人を家に連れてきた史に、賢吾が「佐知とお前は俺のもんだ！」とか何とか怒り出す、そんな妄想《もうそう》をしながら書いていました。

ちなみに、今回のお話のショートストーリーが、ウェブ小説投稿サイトカクヨム内のルビー文庫公式アカウントにて公開される予定になっております。そちらのほうでは、前作のオオカミさんカップルも出演しておりますので、よろしければぜひ読んでみてくださいませ。

今回のイラストは、桜城《さくらぎ》やや先生が描《か》いてくださいました！　キャラフを見せていただいた時の感動は、ちょっと言葉では言い表せないほどでした。素晴《すば》らしいイラストを描いてくださって、本当にありがとうございました！

それから担当様。毎度ぶっ飛んだプロットばかり出して申し訳ありません。呆《あき》れずに根気強く軌道《きどう》修正してくださって、本当にありがとうございます。担当様と話しているうちにイメージが膨《ふく》らんでくるので、いつも大変お世話になっています。そしてまたしてもタイトルを丸投げしようとしてすみません。タイトルをつけるセンスを探す旅に出ようと思います。

そして最後に、ここまで読んでくださった皆様《みなさま》。お付き合いいただき、本当にありがとうございます。ほんの少しでも楽しい気分になっていただけたのなら、幸いです。

それでは、またお会いできることを願っております。

二〇一六年　五月　　　　　　　　　　　　　　　　　　佐倉　温

KADOKAWA RUBY BUNKO

極道《ごくどう》さんはパパで愛妻家《あいさいか》

佐倉《さくら》温《はる》

角川ルビー文庫 19845

2016年7月1日　初版発行
2025年11月20日　13版発行

発行者――山下直久
発　行――株式会社KADOKAWA
〒102-8177　東京都千代田区富士見2-13-3
電話 0570-002-301（ナビダイヤル）
印刷所――株式会社KADOKAWA
製本所――株式会社KADOKAWA
装幀者――鈴木洋介

●お問い合わせ
https://www.kadokawa.co.jp/（「お問い合わせ」へお進みください）
※内容によっては、お答えできない場合があります。
※サポートは日本国内のみとさせていただきます。
※Japanese text only

ISBN978-4-04-104394-3　C0193　定価はカバーに表示してあります。

◆◇◇

佐倉 温
HARU SAKURA
illust.おおやかずみ
夫婦に大事なのは、
会話とスキンシップだってよ
上司《じょうし》と子育《こそだ》て
同《どう》棲《せい》中《ちゅう》!?
天才デザイナー×凡才パタンナーの
子育て奮闘記!
「はじめまして…パパ」
パタンナーとしてデザイン会社に勤める
蒼衣の前に現れたのは自分の娘!?
慌てる蒼衣以上に、犬猿の仲の天才デザイナー・国見が
その事実になぜか取り乱していて…?